此處收不到訊號

凌明玉 著

好評如潮

《此處收不到訊號》寫的是「照顧」，筆調卻能似輕似重，遊走在喘不過氣的困境和時而閃現的溫馨裡。在小說裡，「照顧」不是單向度的、強者對弱者的扶持，而是像一張彼此連結的網，每個人都有病痛衰弱之處，以一種「弱弱相護」之姿努力生活。在「長照」、「疫情」、「心理健康」等議題持續纏繞的年代，《此處收不到訊號》寫出了最當代的生活感，既不刻意美化，也不過於耽溺。

——朱宥勳（作家）

我情不自禁要這樣想：或許，只有小說家可以超越神的視角，在現實中採集線索，以想像力洞澈過去、現在及未來。

《此處收不到訊號》是由疾病構成的小說世界，它當代、細緻而寫實，那正是我們所面對的日常——失智、憂鬱、大疫——擬真程度彷彿讓讀者戴上了VR眼鏡，觀看著真實生活的投影。

但小說不僅止於此，它嘗試詰問也嘗試回答，記憶是什麼？關係是什麼？失去記憶會是痛苦或快樂的？

小說家淩明玉展現長年書寫的功力，拉出病痛的哲學層次，幾處超出預期的翻轉讓我既驚嘆又過癮。我喜歡她對人世慧黠入心的觀察、更喜歡她略帶感傷的豁達觀點——原來，失憶也可以很詩意。

——吳妮民（醫師／作家）

寫人情曲折忌諱一筆到底，而需開鑿內在的委婉，如同河流有左有右，搭上故事船，才好對這、對那，指指點點。明玉的指點之間，有她調配的速度跟風景，她很清楚要把自己跟讀者，載到什麼港灣。有時候行經渡口，明玉卻沒有要讀者上岸的意思，因為人生是在不斷的擺渡間，認識自己跟船、以及河流的關係。這是一條人情之河、也是時間之流，淺灘、險灘，都是灘頭堡，而擺渡人知道漩渦無法避開時，不如起錨揚帆，於是浪花的碎去，終會成為圓滿的海。

——吳鈞堯（作家）

一個家屋，眾多疾病：憂鬱症、失智症、妄想症、囤物癖輪番上身，每個癥候的背後，都有無數個過不去的坎和無止境的失去：裁員失業、離家失聯、遺忘失智，所有的深淵都養著再熟悉不過的暗黑故事，人累心累。然而，跌到最幽暗的谷底之際，卻又擦亮了幽光閃閃的動人記憶，笑與淚的曾經。凌明玉以洞悉人性、體察世事之眼，說書人的舒緩語調，道出臺灣不同世代的生命故事，遞交臺灣人的集體時代病歷，近年來探討人我關係、高齡議題的關鍵字，全都有條理地織入敘事之流，在晃動的河水中，竟能辨識出自己的倒影。是的，小說角色拖帶出的泛黃歷史，都有你我的生命行跡。即使溝通目前呈亂碼狀態，此處沒有訊號，當你細讀這本小說（及小說中的次文本，如同俄羅斯娃娃層層堆疊的驚喜），會發現早已置身其中，無需搜尋等待，一切自動連結。

——李欣倫（國立中央大學中國文學系副教授／作家）

活著，一定要努力嗎？生猛、幽默的筆調，讓人捧腹大笑，同時又在心裡嘆氣，一開始讀就停不下來的作品。凌明玉精準地把我們帶入身處的「未來」世界，不論是主動或被動活著，有意識或無意識活著，又或是證明與被證明活著，她寫出了這個時代生存的新樣貌，展現出一幕幕讓人熟悉又哀傷的景致。

——夏夏（作家）

孤獨可以有幾種語法？以病伴病才是生存新常態？凌明玉新作扣緊時代節奏，將高齡社會的危脆，照顧者議題的迫切，透過一名頹廢魯蛇的嘴巴滔滔道出，琢磨著人與他者之間永恆的隔閡，編織出三代人各自幽微的心事，在「手機訊號」這無比當代的隱喻裡，成就又一場「家變」。

——孫梓評（《自由時報‧自由副刊》主編／作家）

《此處收不到訊號》寫活了科技社會中人類的病徵：憂鬱症、亞斯伯格、失智失憶……，而書名不正是一句精確又犀利的反諷？在人人都焦慮於手機收不到訊號的年代，靈魂獲得救贖的出口又在哪裡？而若非有文字將記憶鐫刻下來，我們又何以印證愛的曾經存在？明玉揭開現代的表面，直指文學書寫的永恆主題，是這本小說最令人為之動容的所在。

——郝譽翔（國立臺北教育大學語文與創作學系教授／作家）

失智，有時是一種可行動的失能。能下床，能移位，能站立，能出走，但不能回家了。當年歲未垂老，記憶快速被掏去，早發性失智的生命面貌、照護故事，正是小說《此處收不到訊號》，要帶我們領略的。

——黃信恩（醫師／作家）

「記憶是讓人用來思考過去現在未來的重要燃料，我突然停止思考的時間，怎麼能稱得上一個人的樣子啊？」在記住與遺忘間，我們如何活成一個像樣的人？小說家凌明玉行雲流水地說著故事，故事卻不是這部小說的核心，作者不斷在故事間拋出的訊號才是。那麼，身為讀者的我們，是否接收到了訊號？

本書以「失智」為主題，切中大多數家庭都可能面對的問題，明玉巧妙地將失智者的記憶化約成手機常用代碼，於是我們跟著故事主人翁小任擺盪在滿格、收不到訊號、待機，沒有服務……等狀態中，從一個廢柴宅男變身奶奶的主要照顧者，緊接著，又發現父親不見了，究竟是離家出走？或者有難言之隱？小任一層層揭開家族的記憶，卻也在記憶中迷走。

當專業醫學資訊向大眾宣告「失智會遺傳」時，誰也不敢細想自己是否會無可避免地陷入記憶的黑洞，而唯有小說可以帶領我們走到彼岸，不論以幽默或寫實。這是一部令人一口氣讀完，又忍不住回頭探尋線索的小說，詩意和失憶都讓人無可適從，人要如何活著才不致失格，掩卷長思久久。

——盧美杏（《中國時報・人間副刊》主編）

想到人生不斷地流逝，但我還沒有真正活過，就難以忍受。

～海明威，《太陽依舊升起》

目次

此處收不到訊號

一

懶，這個意念近乎於詩意，我最近總是這麼想。

全身鬆軟，什麼都不想做，也沒有什麼必須去做，我挺喜歡這狀態，雖然旁人不免干涉我的懶，大概是他們沒法放縱自己無所事事，只好時不時提醒我，可以了喔，夠了喔，要振作起來。

振作有用的話，半年來，像是電腦系統重整刪除瀏覽紀錄不知重複振作多少次，結果還不是和半年前一樣。

漸漸地，別人說什麼我也不在乎了。

毫無長進的我，只有點力氣伸出腳背磨磨躺在沙發那頭的小貓，倘若不驚擾牠，我想牠一直睡到世界末日也沒問題。

一個人整日懶洋洋的睡，吃喝賴在床，大家肯定說有病不要拖，快去看醫生，我的確照做了，三餐飯後吃藥更是成天嗜睡，作息和小貓差不多。

小貓一天睡眠超過十小時，也會去砂盆滾來滾去幾次，半是玩沙，半是拉屎拉尿，喝水吃飼料差不多四次。我也不想這麼精確為牠計算作息，實在是近來閒得發慌，整天掛網打遊戲也發膩，嘴破食欲差，醒醒睡睡分不清黑夜白天，簡直人模鬼樣。

看來人的憂鬱不會傳染給貓。小貓是在附近自助餐的垃圾桶邊撿來的，注射三劑預防針後目前很健康，牠每天充滿鬥志勤練出奇不意攻擊術，總在我掛網打遊戲吃飯睡覺時一次次攻擊我的手指和腳趾，老是待在家的活體我自然成為牠的獵物。

小貓沒有朋友，牠只有我。想到這，我就原諒牠了。

室友大熊不算牠朋友，大熊經過牠旁邊只會哼哼兩聲，小貓倒不在意別人用鼻孔問候牠，偶爾也翻開肚子表示友好。「欸，這隻貓真沒恥度，我剛指著牠的鼻子說，再一直吃，就丟出門喔，牠還來磨我的腳，你看牠的樣子……」大熊不屑地用拖鞋撥弄小貓的尾巴，嘴角露出難得的微笑。

如果我有小貓那張討人喜歡的臉，是不是會比較容易留住朋友？

我是個朋友很少的人，大概是伸出一隻手可數完的朋友數，也有可能過幾天就刪掉一個也說不定。

交朋友讓人身累心也累，我不是個事事為人著想的朋友，當然也不可能擁有事事為我著想的朋友。這點，我很有自知之明。

像我這樣的人，只想將人際往來減少到最低，非不必要，不願和人有太多接觸。

不過，今年我忽然失業了。任職多年的生機產品公司居然無預警倒閉。可能快要三十五歲，不論我怎麼努力投履歷，甚至連派遣工作也不介意試試，經過半年仍然無業。

「先生，你知道失業補助不能一直領下去吧？」

市公所辦理就業輔助的公務員圓框眼鏡後細長的眼睛，閃過冷淡無神的目光打量著我，很快又瞇起眼、顴骨聳起堆滿笑容說，「謀合好的工作要盡快去試試喲」。

有些人總是倚靠校對別人的人生，才能比對出自我存在的意義吧。她怎麼知道我沒去試？她的工作鼓勵人又同時懷疑人，做久了不知道會不會精神分裂？

每次投完履歷通知面試的公司少之又少，好不容易得到面試機會，會面不到三分鐘又被隨便打發回家等通知，然後，就沒有通知了。

我不想動用辛苦累積的定存，當時雖有領到幾個月資遣費，現在又有小貓，存摺數字一直往下遞減的日子也快過不下去了。這時，父親一通電話解除了我的窘境。

他說奶奶最近退化很嚴重，醫院檢查後發現是初期失智症，急需人手幫忙，請外傭看護看似可立即解決，又怕她只會將人家往死裡整。「你知道奶奶整天疑神疑鬼，根本不可能相信外人」，講這話還刻意壓低音量，不知道是怕誰聽見。

父親聽我不吱聲，再三強調奶奶目前的狀況真的沒法請外傭，停頓了兩秒，電話裡連彼此的呼吸聲都異常清晰，又補充了兩句：「同樣要花錢不如給自己人機會，何況奶奶這麼疼你。」

打小我就覺得我爸是個話術很高的人，我們一向溝通不良，大約就像電腦裡不相容的兩套系統，各有各的語法，分開運作沒問題，放在一起，螢幕只有漫長的空白。

他挑明說是給我機會，而不是可憐兒子找不到工作，我想，他可能也和我一樣在逃避什麼，但是現在追究也不可能得到答案。

奶奶的確是個難相處的老人，脾氣捉摸不定不說，疑心病又重，當初母親就被她的挑剔整得悽慘無比。

明明是個會說多國語言的貿易公司秘書，結婚後連以前買的名牌包都不敢拎出來，有次和閨蜜到歐洲旅行半個月，母親特別買了愛瑪仕圍巾孝敬奶奶，卻換來「這種拋家棄子換來的圍在我脖子會爛掉」。明明取得老太太同意的遠行，還將六歲的我送回娘家請外婆幫忙看顧，不勞煩婆婆辛勞的安排，最後落得拋家棄子的說法。

這件事母親不厭其煩說過幾次，從幼稚園大班聽不懂婆媳問題，一直聽到五年級小學生的耳朵長繭，「媽，不要再講了！我都會背了。」

「不管講幾次，我都覺得很冤，你不聽是嗎？你不聽媽媽的話，只聽奶奶的話嗎？」

「誰的話，我都不聽。」這是我的標準答案。

小時候的我，像是雙手被扯得很長的捏麵人，一邊是母親一邊是奶奶，都想拉攏我的愛，我很清楚不能說出最愛誰這種話才能繼續被他們愛著。

「你奶奶喔——巴不得我早點死在外面，她兒子就屬於她一個人的啦。」

我不懂母親為何要對著當時還是小學生的我說這些，她越來越不像個媽，不再盯我有沒有刷牙、功課有沒有寫、考試考幾分，她還常和奶奶大吼，「你愛你兒子就去愛，就放過我和小任好不好？我死也不是你王家的鬼，不要到處和三姑六婆說我不孝——」

聽到母親在家裡大呼小叫，奶奶總是很鎮定地將我拉到廚房，從櫃子拿出小熊軟糖倒在我手心，低聲跟我說，「我們別理那個瘋女人，我現在都把你媽當空氣，她愛去哪我才懶得管她。」

後來母親的確不在家的時間多過發瘋亂叫的時間，那時家裡會特別平和，連我這個小孩都感到無比輕鬆，而且奶奶說完母親的壞話，還會給我五十塊零錢存進小豬撲滿。

近來回家看奶奶，發現她的臉彷彿變了模樣，並不是皺紋老人斑變多，而是她的表情。前一秒熱情地摸著我的手說，人家送的鐵盒子英國餅乾留給我吃，後一秒便忽然安靜下來，我的身影已經從方才熾熱的瞳孔消逝，她空洞的眼睛什麼都不曾留下望著床單和磨石子地板。總之，感覺奶奶瞬間移動到另一個時空去了。

她像是完全不認識我，偶爾將臉別向窗口，凝視著窗外院子裡栽植的花草，或將視線投向更遠的高架橋。

彷若在不知名的遠方，有另一個時間流動的場所，奶奶隨時都能去到那裡。那個時候，她是存在異次元的奶奶，語言、時間流速、空氣，或者連引力都和我們不一樣。當我這麼和父親說，電話裡的時空靜默了兩秒，他說自己沒想到這些，想不到我有他不知道的貼心，接著便要我認真考慮回家幫忙。

「就當我拜託你。」他說。

父親從不在乎我到底認不認真工作，還住在家時，他極少干預我想做的事，應該是說我也不會徵得他的同意才去做想做的事。拜託二字，仍讓我的心觸動了一下。

「有件事……昨天傍晚，奶奶穿著洋裝和繡花鞋，還開心的跟我說再見……說要去找她兒子……她兒子是我啊。」電話裡他的聲音像是不想說出這事，越是吞吞吐吐更感覺憂傷。

他說帶奶奶去過醫院檢查，腦部影像掃描顯示神經細胞已開始退化。醫生說失智的症狀恐怕不是最近突然發生的。父親回憶，這些症狀追根溯源應該有一年之久了。

剛開始好像是搞不清楚時間，幾年幾月幾號星期幾，什麼節日也記不得，他心想老人健忘很正常，自己也常記不清日期。後來才吃過飯又忘記吃過，白天晚上的時間也會弄混，經常呼呼大睡叫不起來，還怪父親老是吵她睡覺，半夜十二點又提著菜籃說要去市場買菜。

「現在根本不能讓她自己出門——」他突然提高音量，我貼著手機的耳朵瞬間無法承受，連帶著心臟也加速跳動著。

「我聽得見，你慢慢說啦。」

不是講手機嗎？卻有父親在眼前訓話的即視感，胃很不舒服，一直翻攪著，好像有什麼東西將要從喉嚨嘔出來。

「從頭開始說，我聽著。」我勉強擠出兩句話，多的一句也不想講。

父親總算放低音量和語速，繼續描述奶奶的異狀，他說有天下午社區大學講課結束卻四處找不著她，最後才發現她呆坐在隔兩條街口的小公園，坐了整個下午，臉頰晒得紅通通。

「你奶奶每天早上都去小公園和老師練氣功，你說，這麼熟悉的地方她怎麼就不知道路回家呢？她瞪大眼睛看著我說，『不知道哇——不知道哇——』」他又提高音量了。

「啊，這該怎麼辦？」電話這頭的我初次聽到滔滔不絕的父親，我想講臺上的他可能也是這樣不管學生能不能吸收，就是急切地傾倒自己所有，我幾乎能感受他的焦慮。

「能怎麼辦？她見了我第一句話說，兒子，我好餓——好餓——我只能趕緊帶她回家啊。」

父親迫切地形容奶奶的病情，我卻閃過一個畫面，倘若有天，我在路邊撿到認不得路回家的父親，不知道會不會如此鎮定？

父親竟然能暫時忍下暴躁情緒，當場也沒嘮叨咒罵，可見奶奶走失的時間，他遍尋不著的時間，讓他快速消化了新聞報導所說的老人失智症。

「奶奶看到我的時候，她立刻說要回家，我以為我會很難過，但是，我只是跟奶奶說，我們回家。」

父親甚至有點哽咽的嗓音，聽到這裡……除了回家，我也沒有別的選擇，電話裡稍微考慮一下就答應了。或者，也有一絲可能是，那個瞬間，我竟然接收到父親低落的心情。

我不曾懷疑父親對奶奶的情感，只懷疑自己，這不是打怪補血改模組升級外掛這麼簡單，我對照護老人完全無技能，真的能做好這件事嗎？

不過，我會這麼爽快答應，主要是父親開出和原來薪資差不多的待遇，解除了最近死水爛泥一樣的狀態，而且我本來就是奶奶帶大的小孩，現在不過是換成我照顧奶奶。

我不得不將這件事告訴大熊，首先得退掉一起合租的公寓，即使只是回到距離市中心約兩小時車程的郊區，總覺得還是造成他的經濟壓力。

大熊是我上個工作不同部門的同事，他是軟體工程師，這專業從來不愁被減薪裁員，優秀出眾的工作能力總是一再被獵人頭公司挖角。可惜他宅度破表，狂蒐軍事模型和限量公仔，砸錢毫不手軟，至今無法買下一間房，只能和我勉強湊合租老舊公寓。

他本來是我五根手指範圍內的朋友，也不知道還能忍耐他多久，他總在挑戰我的極限。甚至他有個缺點讓人很困擾，這麼說並非交情不好，而是交情太好而感到困擾。

事情是這樣的，每次交談，無論我說什麼，大熊總習慣追隨我的話尾，這頻率讓人緊張，不知道要不要繼續說下去。我們同居這麼久，始終沒說出這個困擾，也不知道這樣對他是好還是不好。

譬如我說，昨天又接到我爸電話，說奶奶才吃過午餐不到半小時又說沒吃飯，不給她吃，她又哭著說兒子不孝真的很誇張……講到這裡大熊必定同步跟著我說「又說沒吃……真的很誇張」。我說，但是小時候偷她皮包的錢又記得好清楚，也太無厘頭了。他也不會漏拍，緊跟著我說「太無厘頭了」。

不過是聊個天，同步收音環場效果驚人，陣陣迴音總讓我暈眩連綿。

有時，自己情緒不佳，還要檢討是否形容譬喻能力太過低下，才會每次都被猜中所思所想，隱忍不發加上時時自省，我們的友情距離崩塌不遠。

有時，我心情還不錯，也會同理他的超能力，每次都能猜到下一句，不是天才也很難說他是蠢材之流吧。

久而久之，我發現只要避開兩人共處的時間，可以減少類似狀況發生，但住在一起實在很難不交談。

有幾次，我發現他在講電話，也能找到可追隨話尾的人，仔細觀察一段時間，他其實非常享受猜測別人心思，甚至每次共處時總能盡情地投入你來我往的談話。像他這樣的人絕對不愁沒朋友的。

§

比起半年前的我，一隻手掌的朋友數已是很大的進步。至少我的醫師會覺得我憂鬱也沒有復發的跡象，因為我還有工作的欲望，藥物都已減量。

真可悲，一個人不想工作，找不到工作，因而吃不下睡不著，折磨自己半個月，一直失眠也不是辦法，去看了醫生，又被轉診到身心科，醫生說做問卷我也是五四三亂填，最後量表一出來就領到憂鬱症執照。我以為自己只是討厭社交和人際障礙，沒想到症狀並非想像中單純。

「我們這種說話白目又低情商的人，根本就是亞斯伯格，這醫生會不會看病啊。」大熊忿忿不平的說，好像被判定憂鬱的人是他。

自從開始吃藥，大熊難得不追隨我的話尾，有點感動。無論是亞斯或憂鬱，我都不想要，雖然求職上可能減分，我還是將最近的健康狀況填進履歷網頁。

吃了抗憂鬱藥鎮日昏昏沉沉，像是隔著果凍在看外面的世界，但我覺得在果凍裡凝結的自己其實很不錯。

「欸，憂鬱症這事，不要寫在履歷比較好，找得到工作才有鬼。」大熊停下手中的遊戲搖桿，歪著頭凝視著我，他看起來異常認真。

「有點道理。」我輕輕地點點頭。大熊這種愛猜別人心思的傢伙絕對知道社會險惡。

我厭惡這種判定，心裡有病感覺比生理有病還可恥，好像從此有了汙點。但現在問題不是要不要刪掉，而是根本沒有一家公司通知我去面試。還好，不必再填一份履歷，也不會再被拒絕，父親剛好打電話要我回家幫忙了。

搬回家，要考慮的還有六個月大的小貓，獸醫說居住空間盡量讓小貓有安全感就沒問題。或許，最有問題的是我，哪來的自信照顧老人，最需要照顧的人是我吧。

那天醫生說我一星期都沒睡覺，絕大部分是找不到工作壓力太大，開了輕量安眠藥和抗憂鬱藥物，之後按時服用並定時回診。失業加上得定時看醫生，拿著一大包藥，不知怎麼心裡好像堵著一塊大石，感覺回家的路無比漫長，搭公車又換捷運，或許，還沒到家我就死在路上了。

撿到小貓那天，剛看完病的我拖著快散成碎片的身體坐在醫院旁邊的自助餐店，面前只有一碗粥，我對食物沒有欲望很久了。

忽然眼角一瞥，有隻虎斑紋的小貓挨在垃圾桶旁瑟瑟發抖，我感覺自己陡地站起身捧著餐盤去櫃檯點了片蒸鱈魚，毫無遲疑，大概是這幾個月來最有動力的瞬間。當我用指頭撚碎魚肉，一口一口餵牠，牠急切吮咬我手指的瞬間，有種奇異的情感在胸口緩緩流動。

這麼小的生命都想努力的活著呢。

我呢？只是軟爛的活著都覺得累。

「真要養這隻貓嗎？不是應該等到有工作再養？」大熊的聲音從身後冒出來。

他伸出食指，點了點小貓的額頭，又迅速縮回指頭，彷彿誤按了什麼倒數計時裝置。「貓很吵，才來幾個小時叫個不停，你不是睡不好，不要養啦。」他直接結論。

大熊的確有權利參與加入新室友的投票，但我的確不打算聽他的。

小貓的眼睛滿是黃褐色分泌物，上下眼瞼都糊在一起張不開，我伸出手指沾著肉泥耐心地餵牠，盲目的牠便捧著我的手指專注吸吮。小貓瞇著眼狂吃的傻樣有點像幼稚園小班的我，不停往嘴裡塞著軟糖直到腮幫子鼓鼓的，又吐出幾顆糖，想起來實在不夠可愛。小貓此時滿足地攤著肚仰翻在我腿上，頃刻睡著了，動也不動像是死去那樣。

等到我有工作，牠就死掉了。我聽見自己平靜的說。

等到有工作……牠就死掉了。大熊重複了我說的話。

他忽然傻笑著說，不會啦，養吧養吧，這麼小也花不了多少錢。大熊居然說伙食費啊教養費也可以算他一份，他不誠懇的嘴臉在我瞳孔裡，顯得很模糊。

小貓好像聽見什麼，張開眼睛喵嗚喵嗚叫著，大熊又誇張地說，天哪，簡直是小嬰兒，那張臉也太萌了吧。

當時我抬起頭看了大熊一眼，他這個死愛錢的工程師宅男，還算是個不錯的朋友嘛。我又將他放進五根手指裡面。如果，我有小貓那種萌到讓人心臟炸裂的臉，是不是能翻轉人生，至少，不會那麼悲慘，有個誰，也會憐憫我的處境也說不定。

話又說回來，有貓的生活，讓我的心情平靜許多，好像比較少想到死啊痛苦啊孤獨這些事了。

如果世界上沒有貓，不知有多少人會覺得活著很難。至少對我而言，對世界失望的時候，轉身和小貓打招呼，總得到毫無雜念的回應，即使只有一聲喵嗚，多一聲牠都不肯，我也面對面收到訊息了。

如果當天想死賴在床上，關起門來睡也逃不過小貓魔音穿腦，牠總不厭其煩在房門外如泣如訴地呼喊，還不知從何學來猛抓門板的招，只好勉強爬起來陪牠玩幼稚的遊戲。

我的耐性還沒長出來，通常就是隨便揉幾個紙球，反覆地丟過來丟過去，小貓居然在這個新家長出翅膀快樂地飛揚起來。不能小看貓的彈跳力，兩側牆面滿布牠的小腳印，我們在不到五公尺的走廊抛接球，小貓總是一次又一次不知疲倦地叼著球歡快地奔到我腳邊，再一個弧線，球落在走廊盡頭，甚至有好幾次，小貓在空中攔截了紙球，我不禁為這傢伙歡呼起來，該不會是被貓耽誤的天生運動好手吧。

每次看到很蠢又很容易滿足的小貓，我總不自覺微笑，發自內心不為誰客套那種笑容，每次都讓我感到度過漫長的一天好像稍微值得了。

「還好有貓，才能將你從床上拉起來。」大熊的聲音又從身後冒出來。

大熊不會懂得小貓的出現，對我有什麼意義，就好像我也不清楚拯救一隻小貓，是不是就能拯救那個被醫生宣判已經憂鬱的我。

§

讀大學後住校舍，就業工作時和大熊合租公寓，有十年不曾和父親同住一個屋簷，回到家，兩人經常相對無語。

正確來說，自從母親離開後，我們就無話可說了。

無話，好像是缺少了媽媽在中間傳遞這句那句，我們就不會聊天，他只會說奶奶想見你有空回家吃個飯、奶奶最近很健忘出門去買菜居然迷路了、奶奶說什麼東西不見了你回來可能找得到……

有些東西分明存在過，但需要時卻怎麼都找不到，有時不免懷疑，我和父親遺失的回憶可能比奶奶還要多。

他笨拙的聊天素材全都建立在奶奶身上，雖然我也只會問他，奶奶最近還是吃過飯就忘記？白天還是一直愛睡？還懷疑別人偷她東西？

差別在於他都是命令句，我這裡全是疑問句。

父親並不知道，我這亞斯伯格傾向再加上被資遣而憂鬱的失業男，不就是被社會淘汰不夠格存在人間的人，我也不清楚，這樣的人真的夠格照顧失智的奶奶嗎？

我還來不及思考太多夠不夠格的問題，回家後暴風捲雲有如山堆積的瑣事得處理，主要是奶奶的房間需要改造成無障礙設施，從電動床擺置到衛浴扶手都要重新設計。棘手的還有整理父親像是松鼠一樣經年累月藏匿在家中各個角落的物品，巨大如各式運動器材跑步機乒乓球桌，渺小如各種股東贈品背包T恤文件夾，光是溫水瓶和碗盤杯盞各有十幾二十個，我不知道這些年父親究竟過著怎樣的囤積生活。

「你不覺得客廳很亂嗎？根本沒法好好走路。」一開始我溫和勸說。

「哪裡不能走？很好走。」

「你不整理，我幫你可以嗎？奶奶每次都會撞倒堆在沙發旁那些紙箱。」

「不要亂動我的東西——紙箱就是要用來整理東西的，你懂不懂？」說到這裡，父親刻意拉長「懂」的音調，他毫無耐性聽我再多說一句。

我深知我們不只隔著無法解讀的亂碼，還是兩個不同年代的處理系統。

「不是說捨得、捨得、要捨才有得，這麼多用不著的東西，不過是身外之物，幹嘛捨不得丟。」即使明白說再多仍然無用，每次拜託他斷捨離，我刻意用他以前教訓我的道理回敬。

不意外他總拋個白眼說，「東西好好地丟掉會遭天譴——你懂不懂？」

我不懂，也不想懂他，我們家早就遭天譴了，只有他不懂。

如果趁他不在偷偷丟掉，不多時他又去回收地點撿拾更多別人斷捨離的東西。最後我趁他去上課時，一股腦將客廳紙箱中相似的物品排列在地板，等他決定哪個要丟哪個要留，彷彿拿著刀架在他脖子，只見他皺緊眉頭漲紅臉，厲聲說，「你不要逼我——」

這般情景在我返家後，反覆上演，倘若再多說幾句，他又說，「搞清楚現在誰是老闆？沒見過淨找老闆麻煩的員工……」話語忽然硬生生截斷，他顯然吞回了最後想說那句，難怪你會被炒魷魚資遣——

我不感謝他的寬容，他的態度不過是再三提醒我，無論到哪工作都有個機車老闆，真是千年萬年不爛的普通道理。

表面上，他給了始終找不到工作的兒子機會，照常去附近的社區大學教老人寫作，除了自己的母親偶爾不認得他，備課上課下課，他的生活沒什麼改變。

他就是在逃避這個家，逃避生病老母，逃避我吧。

或許，父親不太能接受有如軟泥的奶奶，才會暫時將照盼病人的責任丟給我，除此之外，我想不出他逃避的答案。

他近來髮際線往後撤退不少，不想染的短髮蒼蒼更顯老態，畢竟只要見過奶奶的人總是訝異地說，「騙人吧？阿姨最多六十，妳看起來比妳兒子還年輕啊。」

奶奶總是沉醉在外表比實際年齡年輕的讚美裡，每天會去市公所旁的公園練太極舞和外丹功，還堅持負責三餐和打掃，說是老人要活就要動，想到這麼勤勞養生的她，年至八十還是走向失智之路。

我的工作除了幫父親當他老母的乖兒子噓寒問暖，回家住的好處還是多過海浪般洶湧的雜事，不但吃喝有人罩，精確來說，是他請的家事阿姨會幫忙做簡單飯菜，讓我覺得自己好像在啃老。

說到家事阿姨，她大喇喇地說，「叫我阿雀，叫我小鳥阿姨也行。我是你爸的國小同學喔。他那個時候是全班最聰明的，每次都第一名，啊，有一次第二名，他還哭了。我記得很清楚吧。因為全班的女生都偷偷喜歡你爸爸，哈哈——你不要想到別的地方去啦。就是崇拜偶像那種喜歡而已。對了，你喜歡吃什麼要跟我說，不要客氣啊。」

「好，謝謝小鳥阿姨。」

我很怕這種話很多的歐巴桑，非不得已盡量不要和她交談，我暗自在心中決定。

花甲之年的父親提早從高中國文老師退休後，主要工作則在社區大學教攝影和文學創作，其實就是教一些退休的老先生老太太怎麼整理老照片寫回憶錄之類。

他昨天在飯桌一面批改學生作業一面有意無意望著我，我正將他囤積在地下室的剪報全都翻出來，用塑膠繩打包，一疊疊運到院子裡，這樣的動作重複數十次，才將累積的剪報清空。

「現在誰還剪報啦，超不環保，爸，全丟了啦。你那些資料報社資料庫都有，花錢就可以上網頁閱讀，科技的時代，老人要跟上啦。」

「現在年輕人都不生小孩了，要那麼多老人幹嘛？政府該想辦法解決的是少子化的問題。唉。」父親根本不回答我的話，他繼續看著學生作業忽然嘆了口氣接著說，「對了，你有女朋友嗎？」

女，朋友——我曾經有，未來不知道還有沒有。

這不是現在談話的重點，我和父親的亂碼隨時都讓我心很累。

目前是有個類似女朋友的朋友，說是類似，那是我們處於很模糊的界線，曖昧朦朧，彷彿隔著描圖紙看待彼此。我有點享受這樣的狀態。直覺是絕對不能透露我和小薇的關係，至少現在不能，他可能會胡亂解讀。

我是有點喜歡她，小薇不像我衰人衰運，她很優秀，除了有點工作狂，人生觀價值觀世界觀三觀與我一致，我很需要陽光一樣的朋友。

我和小薇雖然認識不久，每次有什麼燃燒腎上腺素的消息，總想第一秒通知她。訊息未讀未回都不能表達我的急迫於萬一，最後忍不住留下語音訊息給她，語無倫次地訴說我的快樂。

我跟她說，終於找到工作了，簡直作夢都想不到就是在家裡上班。我奶奶真是全天下最棒的奶奶，除了有點失智症狀，講話有些盧，一天要吃很多餐，不過我想打線上遊戲時就開電視給她看，她很愛看電影，CINEMAX、HBO、FOX MOVIES輪播幾次的舊片她都看得津津有味。

如果我的大腦只裝置過去的回憶，每天都是重複播放的老電影，我不知道倚賴這些畫面活著，會不會比死去還要痛苦？

不過，比起之前光是想著毫無著落的未來那種痛苦，我好像可以稍微忍耐這樣的重複。

奶奶的每一天也都在重複，她做的事差不多是我小時候混世魔王的翻版，白天像被睡魔附身，要她起床簡直要她命，一頓飯吃得滿地都是飯粒菜渣，天氣冷熱不會增減衣服，已經五月天了執意穿著羽絨外套，下身倒是願意套著短褲納涼，要她畫圖總是畫到紙張外面，尤其最愛畫在自己的大腿，還說畫在那裡涼涼的很舒服。

我刻意雲淡風輕地敘述日常，不想自己總讓小薇擔憂。她靜靜聽完，給我一個笑臉說，好啦好啦，收到收到，真的很不容易啊，照顧病人很辛苦，日後會有很多考驗的，要加油。

接下來，有幾秒空白，看著手機最後一則已讀訊息靜止在那，我知道她正在給我一個異次元長達數秒的擁抱，彷若剛剛激昂的情緒都被灰階的已讀二字，拂去毛躁。

即使我們從來沒有見過面，不知為何，我總能感受到那段空白的溫暖。我不想騙她，心情低落的時候也是有的，通常我比陰溝裡的石頭還要臭，光線穿不透流水沖不動，硬是不出門不想言語，誰都不要理我最好。小薇彷彿在我家裝了監視器，雖然只是傳個LINE貼圖，她總能迅速察覺，實在太神了。

我跟她說，這十年來，畢業後求職也算順利，中間雖然換過兩三次工作，大抵在營養食品本業換來換去，除了跑業務這種需要與人面對面溝通只能放棄，其他工作可說是來者不拒，不論是艱難如分析千百種動植物成分或人體實驗各種配方反應等等，別人不想做的我全都做過。即使這麼努力了，我還是不懂公司怎麼會說倒閉就倒閉呢？

小薇說，你傻傻的，這世界不是只有你努力就夠了，還有更多卑鄙的人努力使壞搞分裂的扯後腿的，你怎麼鬥得過這些人。不過，現在的你就做自己，再也不需要管那些卑鄙無恥的傢伙，你只要好好照顧奶奶，你就是奶奶最重要的老闆。

她呢，每一次喔，都能將黑洞裡要自閉的我準確無誤地撈出來，剛剛好都是陰溝裡的臭石頭有點鬆動滑脫的時候，像是盼來一場痛快的大雨，霹靂啪啦全身被刷洗過後的爽朗。或許，我太快投入情感了，我們不過是交友網站速配組合，目前還配不上情侶的稱號。

最後，實在聊得太晚，小薇說明天還得站櫃一整天，新人還沒補上，沒人和她換班，得早點去睡了。接著，是一個兔子蓋上被子的晚安貼圖。

希望下次可以讓我聽聽她的聲音，不要說總是和客人說話累到喉嚨啞了。

晚安。我也傳了詹姆士熄燈蓋被的貼圖給她。

§

父親並不知道我之前有憂鬱症，這是單方面的想法，或許，他早就知道也說不一定。

目前我的藥已改成慢性處方，回到家也三月餘，我盡量只在恐慌來襲才打開鼓鼓的藥袋，但大部分時間都忘了吃。可能是照護新手得處處學習，瑣事比預想還多，還要抽空整理那些囤積物品，每天疲憊不堪，而睡眠之神終於想起遺忘多時的我，總是躺上床便沉沉睡去。

不過，一個病人來照顧另一個病人真的沒問題嗎？

有一次，我和大熊形容，輕微憂鬱症的人就像一顆蘋果稍微撞傷，外表看起來好好的，但是放著不處理，慢慢的，就會從裡面的芯壞掉，我們常說你這個爛蘋果，不就是在諷刺表面衣冠楚楚卻一肚子爛貨的人。

「哦，你這個爛蘋果，一肚子爛貨——」大熊聽完立即吐出沒經過大腦消化的話。他這回接話尾如此精準，準到毫無一字誤差，無法反擊的我，正是顆爛蘋果，滿肚子都在想如何推卸責任。

我要再度提醒自己千萬不要在大熊打遊戲時聊心事。或者，我根本選錯了傾訴心事的對象。不過，現在選項也不多，不是小薇就是他，小薇上線的時間總在午夜十二點左右，我撐不過輕量鎮定劑藥效來臨的瞌睡。

今早醒來，尚未離開被窩，忽然滑到大熊的訊息，他說現在要暫停玩英雄聯盟，寶可蘿抓寶抓到他一直走路瘦了十公斤，點他的Instagram立即被小腿肌賁張的照片攻擊，雖然我不確定那究竟是不是他的腿。

我在手機螢幕這頭哼哼冷笑，隨便回訊說這身材還追不上體脂只有十的我，你宅男變型男的路還遠得很呢。一早就聊這些垃圾話，好像我們還住在一起。

「哪像你宅男變孝男，真是乖孩子啊。」他酸人的功力不見減弱。

「靠北，什麼孝男——我奶奶長命百歲啦。」

聊到這裡，大熊突然丟了句，我們道場有人來踢館，要衝T市支援了。

我忍不住用小指頭撓撓耳朵，不是我聽錯就是大熊說錯，還是他被盜帳號？

「我們」道場。大熊有新朋友了，忽然感到些微哀傷，他不再跟我一樣只有一隻手的朋友數。

朋友一多，他是不是就改頭換面順便連心肝都換了，T市雖然離S市只要半小時車程六站捷運，懶到天怒人怨的大熊，曾經年假九天足不出戶宅在房間打遊戲吃喝都叫外送，居然為了一起抓寶的朋友，外送自己遠征T市。

「義氣啦——以後要改叫你甜心小熊。」

「喂，顧阿罵的人，不懂我們上班族假日需要追逐夢想啦。你睡覺睡到自然醒離家超級近，薪水和以前一樣多事情也沒多少，之前不是還說下個工作絕對要突破月領四萬，否則太不甘心了。」

真的很不甘心啊。我重複了這句話。

不自覺被大熊傳染接話尾的毛病，不甘心又能怎樣——還得被沒顧過失智阿罵的人挑剔。

他可能是被甜心小熊的稱號激到，罕見地噴出一堆心裡話，不必視訊我腦海都能浮現他面無表情點擊滑鼠不屑的嘴臉，時不時就想試探我是否要放棄，照顧病人可以說不幹就不幹嗎？

「看起來，你情願一直做下去囉。」他像聽見我心內話發出疑問。

「情願啊。顧我奶奶又不是顧他奶奶，為什麼我要跟你交代甘不甘心？」

「交代甘不甘心——那是我很關心你啊。不是說我是你難得沒翻臉的朋友，朋友關心一下不行喔。」

大熊又開始接我話尾，恍然沒有回音的接話尾，居然讓人不那麼討厭了。

「不行。你不是說過，你大熊不會關心誰，除非是動物園的臺灣黑熊。」

「動物園的臺灣黑熊……不需要我的溫暖，動保人士會關心好嗎？」

「好啦——不是要去朋友的道場？我阿罵起床了，照顧阿罵我情願，全世界我最甘心情願啦。」

我真的情願，但不甘心。大學畢業斷斷續續工作十年，卻一直換工作，不知道自己為什麼工作，拚到底也買不起房子，結婚生子更不可能，究竟誰會喜歡我……我今年就要滿三十五了。

大熊不再回話。匆匆收掉這串訊息，或許他有點想念我，想我這種噁爛的話他說不出口，故意講幹話激我，畢竟我們住在一起的時間認真計算都可以念完醫學院了。

想這些有的沒的實在很廢，再次回到Instagram動態，發現大熊居然之前發了張戴著洋基棒球帽手比ROCK的自拍照，還寫著，兄弟加油！

幹——叛徒——他披著大熊皮婊誰？誰跟他是兄弟，況且我們許久不見，誰知道他是不是盜用別人的照片詐騙我？。

結束今日唯一對外交流的時間，很緩慢地從床上起身，整天套著睡衣的我其實和喜歡賴床的奶奶也差不多。

看看時間，八點半該吃早餐了。這是奶奶的固定作息之一。父親說不管我要不要吃飯，但是，奶奶三餐絕對要正常，餐前餐後服藥一次也不能漏掉。一起生活這三個月，他只有這件事幹得最好，拿著列印的表格要我按表操課。

他曾冷淡的瞅著我說，連照顧奶奶吃飯睡覺散步玩遊戲這種小事都沒耐性也做不好的人，還有什麼工作能做好？

「最後一次，我只說最後一次，說好這是暫時的，我又不是專業看護，你最有耐性你幹嘛不做？」我不是故意唱反調，但他就是有激發我發火的潛力。

我不就一個長孫，雖說奶奶也沒別的孫子，他身為人子，把屎把尿晨昏定省這些怎樣也輪不到我才是啊。

「不是你是誰？老闆要你往東你還要往西，有扣你薪水還是讓你加班過勞死了？你還比以前上班還要自由，不是拿著手機發呆看起來失了魂，就是窩在房間打遊戲打到快變殭屍——你要不要去照照鏡子？」他訓人行雲流水，簡直和我以前主管不相上下。

尤其邊皺眉邊推鼻梁上的眼鏡，鏡片後瞇眼瞧人的目光，更不用說有多欠揍，但他是我爸，我必須忍住曾經想朝主管揮出的拳頭。

他心中的詳細表格，我只有做好打勾，沒有修正妥協的道理。兩班制也是經由我同意的工作契約，還有周休二日，晚上他會接手陪奶奶吃飯、做簡單的體操運動，這種佛心老闆也不能隨便和勞工局投訴。

父親一板一眼的性格其實從未改變，變的或許是我，我的眼光早不再侷限在家這個有限空間。

忽然想起一件小事。父親以前總是隨意將菸盒和零錢丟在書桌，小學生我有時假意去書房尋書，順手摸走一兩塊或是抽出一支菸便放在長褲口袋，一次兩次、不知多少次，他彷彿不曾發現。只有一次，恰好我從書架抽出《天龍八部》，他意味深長看了書一眼，卻不是睥睨地覷著我，還以為偷菸形跡敗露，沒想到他接著指著架上一整排金庸說，閱讀要有脈絡有系統，先看《射鵰英雄傳》才是。

什麼脈絡和系統聽不懂，當時我整個胸腔整個腦整個人暗暗顫抖，自小除非我做錯事，父親很少主動跟我說話，我該如何是好？

「可是同學都有看，連續劇在演這個啦。」深吸一口氣，決定先不看他的臉，只是盯著手裡的《天龍八部》訥訥說著。

他斜睨了我一秒，我能感覺空氣都在頭頂凝結不動，「好啦隨便你，小學生不要沉迷武俠小說，功課寫完才能看。」他揮揮手趕我出去，在空中搖擺虛晃的手指，也將我對閱讀小說的興致一併揮走了。

直到念大學我才從同寢書架再次看到《射鵰英雄傳》，但我仍舊不想看，或許，那個打從心底就想忤逆父親的小男孩始終還在，我不想成為他那樣活在規矩裡的人。

事事要求秩序和規矩的父親，卻有滿屋子捨不得丟的雜物，從我中學騎的單車到一小捆塑膠繩，物不分大小、品不論精細皆有理由留下，櫃子裡堆了十幾罐維他命和五顏六色的藥丸膠囊錠，問他這堆藥山何時買的都不知道，到底是要救自己還是救奶奶？

他卻怔怔地拿起藥罐凝視半晌說，都忘了，救不了了。

§

第一次看到父親哀傷的表情，是在母親離開的時候。

那時我只是個剛長出喉結的小六男生。痛苦和哀傷必然存在，或者，我太在意自己像被砂紙磨過的聲音，完全不想對母親忽然消失說些什麼，也不想流露過多情緒。

或者，我更在意的是，不想自己太過在意這件事。

畢竟父親很自責，奶奶也裝作自責的樣子，逢人便說我媽有多好，不論是鄰居或里長都知道她痛苦不已，連郵差送來百貨公司型錄和ＶＩＰ邀請卡時，奶奶還會露出憂愁的神情，不管別人想不想聽仍然拚命解釋。

「她啊——最喜歡買又貴又不中用的東西，整個房間都是包包和保養品，說真的，大家都知道我不是小氣的婆婆，對了，這些型錄可以不要再寄了？現在不需要了。」奶奶不耐煩地甩甩套著透明塑膠袋的型錄。

現在不需要了？可是我需要啊。我聽見內心的聲音說。

對奶奶來說那是垃圾，但型錄印著母親的名字，那些花花綠綠的型錄我擺在書桌右邊底層抽屜三年，每次拉開抽屜都會看見她的欲望，那麼多，那麼滿。

回想掛在母親肩上款式不一的包包，擺滿化妝檯沒有開封包裝的瓶瓶罐罐，這些物品只是讓人方便將她貼上敗家女購物狂的標籤。

她故意的吧？這是她的面具嗎？

母親究竟是怎樣的人，當時小學生的我也不清楚，只會纏著她要零用錢，纏著她帶我去動物園玩，出去玩的時候，她會給我很多銅板讓我轉扭蛋，還有不停的打電玩。

她曾經帶我去百貨公司說要為自己買一個生日禮物，我在某個說不出品牌的專櫃沙發椅上，打了一下午的電玩，一連破了十幾關，她還在換衣服，洋裝、短裙長裙、襯衫毛衣，總之換過一套又一套。

「我沒法決定欸，小任你說，哪件比較好？」

「我怎麼知道，又不是我要穿。」

看著旁邊座位堆成小山的衣物，心想這些有亮片有薄紗的衣服一點都不適合母親，說不出哪裡怪怪的，生日禮物不是等著別人送就好？為什麼要自己買？

但是腦袋都裝屎的小學生我，覺得母親在這裡浪費太多時間，我只想快點去吃漢堡炸雞，毫不在意隨手指了一件綠色細肩帶長洋裝說，這件最美，我們快去吃晚餐啦。

那一天，我還記得母親除了綠色長洋裝，還買了銀色的高跟鞋，鞋跟非常細，連我的力氣都能隨便折斷的細，另外還有一個格子花紋的手提包。她拎著這些耗費幾小時挑選的東西顯得非常開心，還讓我在便利商店一口氣買了十幾包小熊軟糖。

「真的嗎？可以全部買？這樣他們就沒有軟糖可以賣了啊？」又不是我生日，母親突如其來的慷慨讓人莫名其妙。

只見母親瞇著眼睛微笑，難得溫柔的摸摸我的頭說，「傻啊你，店員會補貨嘛。」

那一天，我將一袋軟糖掛在左手腕，讓母親牽著的右手有點不習慣，但我們都非常開心帶著喜歡的東西回到家。如果之後沒有發生那件可怕的事，一切可說是太完美，老師如果出個作文題目「難忘的一天」值得寫下來的完美。

那一天，我們吃完晚餐回到家，一進門奶奶就大罵母親——帶著小孩去哪裡瘋一整天，連飯都不用吃——尖銳刺耳的音量引來附近野狗狂吠，我也嚇到說不出話。

「媽，我明明有說在外面吃，你們自己吃不用等，是您健忘了。」母親好聲好氣的解釋。

奶奶挑著眉說，「誰健忘——妳才健忘，不回家吃飯也不說，全家都在等你們吃飯，有媳婦讓公婆等的道理嗎？」

雖然奶奶一句話都沒罵我，但我下意識將裝著軟糖的袋子藏到身後，整個客廳的空氣大概跟冬天寒流降臨一樣冷。父親則像被冰雪凍著雙腳坐在飯桌沒有移動的意思，當然也沒有為母親說兩句話的意思。他總是這樣，我不會對他有任何期待。每次我被母親拿皮帶鞭打小腿，他不像奶奶會整個人護著我，拿命和母親拚個你死我活的架勢，用盡所有她湖南家鄉罵人的話全都攻擊一輪，即使我和母親完全聽不懂，奶奶仍然很有氣勢的咒罵著。

鏘——鏘鏘鏘——忽然傳出清脆的聲音，我朝聲音來處望去，原來是爺爺拿著湯匙敲著碗，他用盡病弱的力氣吼出聲，吃飯——吃飯——

彷彿遊戲通關後的路徑展開，下一個關卡的任務必須回到自己原來的位置，奶奶馬上移動腳步回到飯桌，母親則拎著戰利品回到房間，我則一屁股蹦上沙發，打開電視轉到兒童臺看卡通，飯廳也傳來鏗鏗鏘鏘碗盤碰觸聲，他們總算開始吃晚餐了。

假設那一天就結束在這裡，之後也就太平無事，內容仍然可以作為「難忘的一天」的寫作材料。後來奶奶說垃圾食物吃了腦袋會變笨，堅持要我回飯桌吃飯，一切開始變調。

不過才五分鐘，卡通還在播映，飯廳的人才扒了幾口飯，只見一團綠色的影子閃進客廳，伴隨著喀喀聲，母親穿著那件細肩帶綠色長洋裝和銀色高跟鞋，手上挽著格子花紋的手提包，她走到我面前像是芭蕾仙子那樣慢慢轉了一圈。

「小任，媽媽美不美啊？」

她拉起裙襬漫不經心的問，像是問一個笨蛋不期待得到答案那樣的口吻，而母親站在客廳中央，面朝著飯廳，像是故意讓正在吃飯的人看見她的美麗。我這時才發現這件洋裝的布料太透明了，母親露出了大半的胸脯和臂膀，以及可以看見她內衣的顏色，那是一件黑色的內衣。

「妳——妳穿這種衣服是要勾引誰？快去換掉——」

奶奶將筷子丟到桌上，其中一隻還掉到桌下，一下子就衝到母親面前扯著她的衣服，母親則開始尖聲大叫，「不要弄壞我的禮物，我不換——」

安靜沒多久的戰場又再度被重力拋擲的衣物和尖叫聲占滿。我不知道自己該不該繼續吃飯，筷子上插著咬了一口的花枝丸，看起來有些無辜，我偷看同在飯桌的父親和爺爺，他們臉上沒有太多表情，吃魚喝湯該做什麼就做什麼，好像飯廳是另一個世界那樣。

我一直盯著自己的飯碗，雪白的飯，雪白的花枝丸，我想起媽媽下午換衣服時露出同樣也雪白的背，真的很美麗。

「小任啊，再添一碗，你沒有吃飽吧？」

奶奶不知何時坐回了飯桌，我發現自己已經吃完碗裡的飯，爺爺還在吃那個魚頭，像是要還原一條魚的骨架那樣緩慢地吃著。父親和母親已經消失，不知道去哪？我本能望向暗黑的樓梯間，希望他們沒有離開這個家。

那天之後，母親經常消失在這個家，有時一整天，有時一整個禮拜，有時會跟我說要出國去玩，有時我也忘記她究竟又去哪裡了。

父親說，「媽媽想去工作，她要學習一些新的知識，很忙。」

「你媽媽居然說還想念博士啦，家庭主婦念這麼多書做什麼？」奶奶說。

放學時，爺爺拄著拐杖來接我，摸摸我的頭說，「想不想媽媽，媽媽想清楚以後要做什麼，她會回家的。」

最後，媽媽可能想清楚自己想做什麼，她沒有再回到這個家。

奶奶決斷地對母親離去有所疑惑的親友們說，「我們沒有虧待她，哪個丈夫能讓她這麼花錢？看看她這麼多套裝、名牌包還不知足，我也不知道她為什麼說走就走？孩子還這麼小——想到小任，我就好難過，他好像驚嚇到了，眼淚一滴也沒落下……」

可能當時是夏天的緣故，我的哀傷不知怎麼都隨著鹹鹹的汗水蒸發了。我只是常常面無表情低著頭，叫吃飯就吃飯，要乖一點就裝乖，要怎樣就怎樣。

一直以來，他們也不曾在意我的想法。不在意我，是當時念國中的我最在意的事。

小薇就不會這樣，雖然認識不是很長的時間，她總會耐心傾聽我所有的苦惱，即便是半夜我傳訊息給她，隔日也會迅速回覆我。

在交友網站配對成功的我們，或者所有填寫的數據都精確計算過，鮮少有意見不合的時候。不過，她最近不知道是不是工作太忙，總是已讀不回，我只好反覆看著之前的通話紀錄，檢查對話的行文方式和語氣，鬆了口氣，我應該沒說錯話。

平均不到十分鐘我就會想要刷一下手機，看看有沒有新訊息或信件，甚至連來電紀錄也逐一瀏覽，全都是父親打來的。

回家這三個月，沒有任何人打過電話給我。我是個接到電話恐慌總會自動發作的亞斯，我沒法看著人的臉講話，不看對方的臉對話，以前的同事始終認為我很怪，當然看著人講話我也不能勝任，但是至少可以注視著某個地方，聽人講完話的時間會過得比較不痛苦。我曾經任由手機響了二十聲，怎麼也不願意去接，好不容易鈴聲停止，卻第一秒拿起手機確認還好那不是父親的號碼。

「還好不是我爸。」

「還好不是我爸。」當時住在一起的大熊不自覺又接了話尾。「不對，不是我爸，是你爸，為什麼你怕接到你爸電話？」

我其實很少和朋友提到父親，也不記得如何和大熊解釋，接個電話又不是上刀山下油鍋，他恐怕不懂有多艱難。就像有人討厭吃芹菜，終究無法接受那個氣味和青澀口感，我是連整個芹菜的形狀都難以接受。

喵嗚——

小貓不知何時繞到我腳邊，伏低瘦長的身軀便是一陣酥麻磨蹭，小貓不知道是換了環境不習慣還是怎樣，變得很挑食，只吃魚罐頭，乾飼料不是整碗沒吃，就是吃了又直接嘔出來，經常在家裡踩到尚未消化的一顆顆飼料嘔吐物。

聽說相處日久寵物很多習性和主人會越來越像，小貓會不會和我一樣太有個性，還是他提早青春期叛逆呢？我現在彷彿工作熟悉穩定閒著沒事幹？居然像個婆媽擔心起孩子。

當初答應父親回家照顧奶奶，附帶條件是小貓也要跟著我回家。他出乎意外並沒有說出連自己都養不活還養什麼貓這種傷人的話，甚至看到小貓從提籃裡鑽出來，還驚訝地說，好小，該不會還在喝奶吧？你會養嗎？

父親的反應讓我鬆了口氣，感覺不住在一起這幾年，他的個性似乎有些轉變，具體是什麼我也說不上來，我們好像許久不見的大學同寢室友，既熟悉又陌生。

早晨走出房間，他們已在餐桌就坐喝牛奶麥片粥，父親正幫奶奶把白煮蛋弄碎，我順手拿起沙拉醬擠了一些和在碎蛋上，主要是奶奶牙口不好，軟爛、營養、好處理的食物，是父親規定的，奶奶也不會有意見，精心料理兼具色香味的食物對她來說都是多餘。

簡單容易上手的這類點心，真是讓我這種廚藝白痴鬆了口氣，畢竟奶奶吃完早餐不到半小時，又會哭喊她餓死了餓死了餓死了——如果不再弄點東西給她吃，她肯定會尖著嗓子、連隔壁鄰居都會跑來關切我們家是不是虐待老人那種高頻音量說，我兒子媳婦殘忍啊——不給我吃飯啊——評評理啊——

只見父親馬上又裝了一碗燕麥粥，還要她小心燙嘴慢慢喝，奶奶掉了些粥糜在胸前，她居然主動拿起毛巾自己擦掉，父親立刻拍拍手說，哇，好棒好棒，這樣才乖。

除了觀察奶奶作息，我順帶也一併觀察起父親。或許多年不住一個屋簷，他的諸多表現對我而言竟然非常新鮮。奶奶鬼哭神號時，不論發生什麼狀況他都異常冷靜，讓我暗暗佩服，父親總是極具耐心的哄騙，像是對待三四歲的小孩那樣，要什麼就給什麼，表現好不忘給獎勵，表現不好也盲目讚美。

「喂，你小時候也常常這樣。」父親說的是小貓躺在地上左滾右滾的樣子。

「我才不會這樣。小貓這是在撒嬌，討摸，你可以摸摸牠。」

這陣子回家照顧奶奶，父親經常講起小時候的我，講述我的童年小事時，他臉上的表情總是特別柔和。幾次三番，差點錯覺十幾年前常帶我去抓鍬形蟲的那個父親回來了。

「摸他？會不會咬我？我看他老是咬你的腳趾和手指，感覺很痛。」父親有點遲疑地慢慢伸出手，接近小貓約一個手掌的距離卻又停滯不前，看起來還沒下定決心的樣子。

「他只會輕輕地咬，不痛的。嗯……如果他有感覺到你很愛他。」我也不知道為何要加上最後那句話。

最後那句話，讓父親緩緩收回了手指，他端起碗呼嚕嚕將剩下的燕麥粥喝完，離開餐桌，好像剛剛發生的事都是我的幻想。

二

第一次發現奶奶是我們家的主宰者，是在我五歲的時候。

奶奶總是任由我吃各種顏色的小熊軟糖，每次去超市吵著要買，她毫不手軟裝滿整個提籃，回家就隨便丟在桌上，也不管制數量的讓我吃到十隻手指黏答答。

母親很怕我滿口蛀牙，卻也沒說什麼，只是在我每打開新的一包軟糖往嘴裡塞時，她就發出嘖的聲響，並且不想靠近我，好像我正在吃什麼噁心的蚯蚓或毛毛蟲。喔，有種軟糖是彎彎長長的毛毛蟲形狀，我非常喜歡，經常叼著幾條那樣的軟糖，像個小混混邊吃邊看卡通影片。

「太好了——吃吧，吃吧，最好吃到牙齒全都掉光喔。」她好幾次冷眼看著說。

我以為母親是鼓勵吃糖的，嘴巴沾滿黏黏糖汁的我越發吃得盡興，奶奶聽見當沒聽見那樣，還在廚房裡大聲對我喊，小任啊，糖吃完來吃布丁和冰淇淋，冰箱還有喔。

父親則是只要看到我在吃糖，總是緊皺眉頭說，吃完這包就不准再吃，接下來便急匆匆將所有零食收到廚具上方放置雜貨的櫃子。那是五歲的我搆不著的天堂。靠近天花板的位置，除非我是蚊子或蟑螂才能抵達，卻充滿正餐之外大人不准吃的東西，泡麵、罐頭、餅乾糖果，幼年的我始終不懂，不准吃，為什麼要買回家呢？

約莫到了我讀小學那年，奶奶便不再寵溺我任由我吃糖，應該是入學健康檢查我領回一張齲齒檢查表，上面標示著兩側臼齒被軟糖養出黝黑的洞，需要到診所治療，難怪每次吃芭樂總會有芭樂籽掉進那個洞，吃冰淇淋後面的大牙也會痠痛。

「看吧——再吃糖啊，還說馬麻是壞人都不給你吃。」母親面帶著微笑瞇著眼的神情，至今印象深刻，我即將拔掉乳齒，她卻無比歡愉。

此後母親接管我的牙，也一併接管我的胃口，每日得吞一堆噁心得要命的魚油蜂膠維他命，我再也無法從奶奶那裡得到任何甜頭。

差不多同一時間，奶奶對主宰這個家也失去胃口。那是爺爺罹患鼻咽癌，突然嗑血就醫檢查後被宣告已經是末期。還是小學生的我，隱隱發覺大人變得心事重重，本來活潑好動天天出門的安靜了，愛發脾氣的沉默了，愛吃糖的也知道吃苦的滋味了。

那時，我還不懂被疾病籠罩的家有多可怕。

仔細想想，奶奶約莫在爺爺過世後不到兩年，慢慢枯萎成乾瘦樣貌，像是說好了輪班時間，她的健康狀況從客廳矮櫃上那排全家福照片可看出一路衰敗。

小時候我很討厭這排照片，擺在進門玄關旁的櫃子實在礙眼，如同刻意和每個來這個家拜訪的客人宣示，我們可是非常幸福的家庭喔。

我曾窮極無聊統計過上門來的親朋好友包括檢查瓦斯有沒漏氣的維修人員，都會因為照片給個一兩句評價。啊，奶奶這是妳對吧，一點也沒變，氣質真是裝不來騙不了人，啊，看看弟弟小時候那個長腿，遺傳到爸爸酷帥基因，長大果然就是帥。

這排照片讓我了解長成大人不知要說多少假話，明明照片裡四個大人都勉強自己在這個家生活，他們分別抓著我說過彼此壞話啊。大概只有拍全家福，不得不同框，在那一兩秒同時露出微笑而已。

譬如左三這張，奶奶原本戴著太陽眼鏡精神奕奕站在爺爺身邊，看起來比實際年紀還要年輕，說她才六十歲也有人信，攝影師誇讚保養得太好了，根本看不出年紀。

「爺爺在大陸有個太太，你絕對不可以叫那個人奶奶，我才是正宗，奶奶只有一個知道嗎？」

她緊緊摟著我，在我耳邊吐氣，捏得我肩膀都疼了，站在他們中間的我好像只為了證明他們的婚姻是勉強有效的存在。

奶奶當時的語氣和獨裁者希特勒差不多，輪椅上的爺爺聽見也當沒聽見，只是兩眼無神看著前方，疲倦蒼白的面容和瘦削骨架不用多解釋就是病人氣質。爺爺還沒生病時，每天都會帶我去便利商店買零食，搭校車回家時，他也會拄著拐杖在家門口等我，但我還沒升上小二，他住進醫院從此沒有回過家，最後看到爺爺就是喪禮的照片。

左一和左二照片還有母親的位置，年輕的她大概二十幾歲，圓潤的臉龐及肩短髮上綁著黑底白圓點的髮帶，髮梢微微往外翹起彷彿復古年代的女明星。她和剛剛去高中教書的父親站在後排，兩人淺淺笑著。前排的爺爺奶奶大概是現在父親花甲年歲，兩人一樣掛著剛剛好攝影師按下快門便會消失的笑容。

這兩張看起來正是特意去照相館拍的照片，背景單一的綠幕像是Photoshop修圖，人和景格外不相融。還好這張全家福沒有我，當時我尚未出生。

爺爺因為癌末引發多重器官衰竭去世後，不到一年，奶奶出門也開始坐輪椅，她總推說沒腳力，漸漸連公園的氣功和元極舞也毫無興致，這一兩年更是整日整夜賴在床上，只有起身吃飯上廁所才會離開床鋪。放假時父親想帶她出門走走，總推託沒意思沒興趣沒力氣，不如在家看電視省錢省力，若是勉強拖她出門，抵達目的地不到十分鐘也直嚷著回家。

念大學時，我偶爾會盡盡乖孫義務回家探望她，奶奶留給我的印象就是從床板裡長出的巨大爬蟲，遠遠望去只有左右微微蠕動，整天躺在床上吃喝睡。

父親總故意在她面前說，「不是朋友很多嗎？也不見誰來約妳去跳舞運動啊？」

「出去——你出去——」奶奶總是抬起軟軟的手，撢灰塵那樣隨便朝空中揮揮。

「孫子也不理，不是最疼他，一直唸著要他回家？」父親怎麼刺激她都無用，每句話像是丟進軟軟的棉花，不曾驚動她的意識。

奶奶最積極的動作就是趕人離開她的房間。整日拉上厚重窗簾的房間，是沉入伸手不見五指的黑暗之海。直到失業找不到工作，我過了整整半年才恍然明白，那時鎮日臥床沉默不語的奶奶，看起來溫和無害內心卻如此痛苦。

「你該不會也得過憂鬱症吧？」

我才剛打完「如此痛苦」四字，小薇忽然回覆並且迅速已讀整串訊息。

這幾天，給她的LINE不管有沒有回覆，我都當成工作紀錄也隨意寫下自己亂七八糟的心情。儘管上次聊天已是幾天前，她需要上班我知道，櫃姐的業績壓力爆炸我也知道，如果沒時間見面，保持這種柏拉圖的關係我也無所謂。

如果進一步，也不會強過目前的狀態，何況我還不到能夠承受進一步的變化，我不過是個順便在家照顧奶奶的死宅男。

「嗨嗨，可以聊天嗎？」我認為用日語展開問候比較有禮貌，小薇上次也說過喜歡。

「換班中，休息一下聊天可以。」

「太好了。我阿嬤在午睡，我也休息。」

「所以你有憂鬱嗎？很擔心……」

「怎麼可能，我誰，人稱T市彭于晏，陽光美男就是我——」

「拜託——很難笑。」

我能想像小薇說拜託的模樣，瞪大黑白分明的大眼睛，嘴角似笑不笑，萌死了。

「啊，如果現在沒客人時可以手機擺在角落直播，很想看看妳工作的地方。」

「拜託——這樣很奇怪欸，好了，薪水小偷要上班了，有空再聊喔。」

我不知道為什麼要騙她自己沒病，但至少成功轉移話題。或者，就像大熊說的那樣，最好不要將得過憂鬱症寫在求職履歷。

交友速配背景資料最好也不要加上這一筆。朋友真的不能亂交，不知不覺我變得和大熊一樣卑鄙。這世界得憂鬱症的人有多少我不清楚，但是，假裝正常生活的人絕對大於罹患憂鬱症的人吧。

爺爺去世時，奶奶雖然和我失業那半年一樣，陷入深層憂鬱狀態。不過，後來她逐漸有失智症狀，比我更為幸運的是，她之後每次憂鬱，肯定會忘記自己曾經有多想死。

每次憂鬱就像是新的，每一次都重新感到悲傷，然後遺忘，再開始。

這半年來照顧奶奶，我好像也有點忘記自己曾經有過憂鬱，或許，憂鬱是可以和其他疾病一起比較的，當奶奶失智的症狀越趨嚴重，我的病情好像就好一點。

有這種不孝的想法真的可以嗎？

反正奶奶經常忘記我是誰，我有沒有病她根本不在乎，這麼一想，心情居然輕鬆許多。

小薇又已讀不回了，可能又有客人來了。我一點也不介意，不論她有沒有空，我繼續單方面回覆也沒關係，還好我也得照顧奶奶，照顧病人居然意外讓我擁有存在的意義。

§

觀察奶奶是我每天必須確實做到的工作，她倒是不太像憂鬱症患者，而且不分春夏秋冬圍著不知是誰送她的鮮橘色絲綢圍巾，印象中好像在哪裡看過這副打扮，後來終於想起那是亞馬遜叢林特有的大王花配色。

網路找到大王花圖片，心下一驚，也太像了——尤其是奶奶坐在沙發不停吃喝，她飽足之際前後晃動頭顱，我卻只看見她索求食物的大嘴。

你吃飯了沒有？吃了。

我問奶奶。

你吃飯了沒有？吃了。

奶奶問我。

以上對話，總在奶奶起床半小時內重複五六次。撇開奶奶失智不談，從另一個角度解讀這個對話，奶奶非常關注我有沒有吃飯。

像我這樣努力鼓舞自己在每日重複小事尋找樂趣的人，怎麼可能會憂鬱呢？

記錄這些內容，一方面也是我的老闆規定必須寫下工作細節，必要時，也要傳簡訊讓他掌握情況。父親不喜歡LINE老是顯示已讀未讀，他還說發明者根本就是控制狂，這個社群的存在絕對是希望全世界加入控制狂俱樂部的巨大陰謀。

他實在沒立場對此表示意見，他自己也是控制狂。

我倒是挺喜歡LINE，不需要面對面溝通，躲在一格格對話後莫名有安全感，不過，以前總是任由奶奶傳LINE給我，累積兩三百則訊息未讀，未讀也能預知不過就是一些長輩說早安午安晚安吃飽穿暖交通平安的圖片和動畫，以及不知轉傳幾百次的民間保健偏方。以前沒回的訊息，想要怎麼挽回也不可能了。現在，我非常認真和奶奶問安，她再不會認真問我要不要回家吃飯……

「奶奶問你有沒有吃飯的意思，是她想吃東西，弄點水果餅乾給她，注意她的血醣。」

父親的回覆都很簡單，看起來算個孝子，其實他早晨出門總是匆匆忙忙，甚至我們剛剛一起吃早餐，奶奶用湯匙把麥片舀起卻不送進嘴裡，都抹在脖子上，他也看見了，卻只會遙控我，快去拿濕毛巾來擦，然後他轉身拎起背包便去上課了。

父親揹雙肩包推著單車輕快地穿過庭院，遙望這畫面實在讓人感到厭惡，他肩上總是扛著教育的擔子，看起來始終是個非常有用的人，而且是社會認可非常有用的人。

我略微不屑地目送這個有用的人遠走，瞬間，他突然一個踉蹌，好像被石頭絆了鞋，同時背包倏地滑落，包裡的作業滾落一地，單車也跟著摔倒了。還好他又抖擻地站起身，彷彿剛剛發生的一切均不算數，拍拍褲腳灰塵，砰地關上大門。

直至父親離開，我同時也鬆了口氣，大概是老闆不在可以把手機拿出來滑幾下那種感覺。

視線回到奶奶身上，她的胸前不意外填滿更多的燕麥顆粒，「乖，不要亂動，來擦擦臉。」我還是遵照父親的叮囑取來毛巾，至少這一刻對奶奶而言，我還算是有用吧。

毛巾是奶奶專用的珍珠絨材質，沾了熱水大概很舒服，她竟然順從地仰起頭，白皙的臉因為很少晒太陽，甚至連皺紋紋路都刷淡不少，奶奶今天感覺不是很有精神，不吵也不鬧，我有種不詳的預感。

用手背摸摸奶奶的額頭，這個溫度我也無法確定，介於有點熱又不會太熱，我直覺的用自己額頭貼近她的額頭，她突然猛地朝我的臉揮了一拳說，色狼——滾——奶奶緊皺眉頭斜眼瞅著我，噘起嘴發出「戚戚去去」的驅趕聲。

又來了，奶奶又忘記我了。

我深吸了一口氣站起來，平靜地朝著她點點頭，轉身離開餐桌。

剛回家時，還會抓著她爭辯，奶奶是我啊？妳可愛的金孫欸，再想想看啦。好幾次，還點出手機裡為奶奶慶生的照片，讓她看看自己和孫子我的合照。她總是瞧也不瞧、伸手一揮，忙不迭喊著，滾——滾——色狼。

也不知道我的臉何時和色狼連成一線？

父親說，回診時有問過醫生，這個病，就是以前發生的事記得特別清楚，可能年輕時被什麼男人騷擾過，才會一直叫我色狼，但是他從未聽奶奶提過這事。假設父親推論正確，失智的人反而釋放了內心的黑洞，以前說不出口的，現在根本不在乎了吧。

經過半年照護，我雖不是非常專業，也學會多說無用，不論我對奶奶說什麼就好像丟進記憶大海的小石子。

奶奶經常睜大迷茫雙眼，頭顱向右歪斜十五度望著虛空遠方，那是餐桌旁的一堵牆，或是窗口邊院子裡的木瓜樹。我不清楚失去訊號的時間，她都在想什麼。

可能她也沒有在想什麼，有時她也能說出自己在想什麼，但那只是極少數清醒的片刻。

「弟弟啊，這蘋果多少錢？」奶奶也會非常清醒地認出我，甚至連家裡剛買的蔬菜水果，她都發現改換了品項。明明前一刻還大罵我色狼，下一刻卻沒事似的。

九十九塊。我聳聳肩亂答，每次去賣場採購都買上整個推車，誰記得多少錢。

「九十九！富士也不用這麼貴，弟弟啊，以後別去超市買，要去市場口阿嬌姨的水果攤買呀。」奶奶此時眼睛忽然快速眨動兩三次，想起什麼似地又說，「就是她攤子後面有個狗籠子那攤，記得吧。」

像是這種時候，奶奶的記憶瞬間回復到差不多我念小二小三的時候，那麼好，那麼好的奶奶，總是要我幫忙拉菜籃車去市場，買完菜還會買豆花和紅豆餅給我的奶奶。

現在的奶奶，還是有去市場買東西的本能，卻是一天內連續去了五六次，她都沒發現冰箱裡堆滿了阿嬌姨的蘋果。聽父親說，剛開始發病的奶奶，至少還會去買菜，後來，連自己是誰都忘了。

奶奶忘了自己是誰，也忘了我是誰，但她每一次都會對我一樣好，這讓我感到很痛苦。

她每次忘了我，卻還是對我好，我卻辦不到。

我總是牢記著，怎麼，又忘記我了。

我取來溫度計試圖放進奶奶的腋下，但她還是逕自大動作揮手要我滾——色狼——

滾——我想起醫生說過，奶奶如果妄想得厲害，可以用她喜歡的東西轉移焦點。

我馬上從冰箱取出一小盒冰淇淋，才掀開封蓋奶奶立即湊過來說，給我嗎？給我嗎？

「奶奶最愛吃這個對吧？全部都給你喔。」

「你真是好人，給我冰淇淋的好人，會有好報喔。乖。」她仰起頭眼睛瞇瞇地望著我，那乖巧的模樣，甚至還露出嘴角的小梨渦。

奶奶對我好的時候，她總是不忘讚美我乖。

我一遍又一遍的說，我是誰，妳是誰，我在這裡做什麼，妳接下來要做什麼……所有的事情我都記得，昨天，前天，上週，一個月前，半年前……我很想偷懶，也非常洩氣，好像所做的一切都是徒勞。

總有一天，奶奶最終會忘記即使不知道我是誰，或許還是會本能地對我好，或是瞬間又連結到色狼的臉要我滾——連這件事我都提前記得了。

不論奶奶變成怎樣，我都無所謂了。

雖然，我不免想到最好不會發生的狀況。如果，有一天我也遺傳奶奶的失智症，不知道會不會記得我有個失智奶奶，會有個乖孫或乖孫女來照顧我嗎？

正當我浮想聯翩，下意識點開手機的LINE，小薇已經兩小時沒有回訊息，可能休息時間結束，她又必須為了業績招攬顧客買那些昂貴的保養品。

這兩小時，我只幫奶奶用毛巾擦了臉，並被奶奶誤認為色狼。

§

色狼長成怎樣我不知道，像這樣嗎？

鏡中人，凹陷的雙頰，兩鬢鬍渣，微捲及肩的髮，比起半年前，似乎更瘦了。

看起來是有幾分猥褻，我以為自己比較像憂鬱症患者，或是亞斯，儘管我不清楚色狼的長相，但我的眼神完全缺乏欲望，這點我很有自知之明。名利沒興趣，事業沒著落，女朋友沒空。

我好像很習慣什麼都沒有的狀態。也可能，我從未擁有，所以什麼都沒有，我也無所謂。

每個星期三我總要說服自己走出家門，那是丟資源回收的日子，其他家用垃圾父親會在傍晚回家時，順便帶出去丟在鄰里設置的大型垃圾箱。

趁著奶奶在看電視，打包好瓶瓶罐罐，推開大門，距離家門五十公尺那根電線桿就是我將前往的里程碑。回到家這半年，除了征服這一里程，還有離家一公里的便利商

店，那是第二里程，快步行走需要二十分鐘

穿著藍白拖、短袖灰色T恤和牛仔褲，等垃圾車來。人模人樣是為了什麼？我不是很清楚。出門前，望一眼掛在玄關旁的長方立鏡，我看起來不致頹廢無神，不過，我實在不必在意別人怎麼看，距離我家最近的鄰居其實還要走上兩三百公尺。

住家這邊算是郊區，右邊有條產業道路，也不算偏僻，沿著這條路直到盡頭便是生活機能堪稱齊全的市區，這塊錯落田地和自建家宅的鄉間算是鬧中取靜，雖然時不時有人會來按電鈴詢問田地和住宅有要出售嗎？

我仰起頭遙望天空，天氣非常晴朗，大片放射狀雲絮彷彿隨意鋪灑的糖霜，整片藍天看起來像是鬆軟的大海，讓我想起上次去海邊是多麼遙遠的回憶，那是兩年前和大熊騎著他的重機，我們一起去U市的海灘露營。

那個夜晚兩宅男艱難地升起篝火，整夜烤肉、講幹話喝啤酒看著滿天星星，大熊還說我們也有這麼健康的活動，居然沒把手機拿出來玩遊戲，奇蹟啊——

我記得，那個時候，大熊尚未有接人話尾的壞習慣，我們還在同公司工作，彷彿是新的宇宙剛剛形成，我還不是單獨一個人，對未來還不曾感到失望的時候。

大概站在門口等了十分鐘，我試著一步步往小路中央移動，左右張望，毫無人跡，唯有我拎著垃圾站在這裡等白色資源回收車。如果此時忽然有鄰居出現，彼此不相識，對我而言非常適切，當然最好不需要遇見任何人，我不喜歡客套應酬、說一些心裡根本不想說的話，簡直浪費時間。雖然我的時間很多，但不需要浪費在這種事上。

正當浮現或許會遇見陌生人的念頭，小路盡頭緩慢地吐出一個帶著棒球帽的壯碩身影，距離有點遠，尚無法分辨男女，只見那身影也提著一包垃圾朝著我方接近，越來越近，輪廓漸漸清晰起來，是個高壯的男人。

不過，他的壯不是鍛鍊過而是有點放肆飲食那種，白色帽子上的NY字母，走路略微往右傾斜十五度，咦？好像認識這人，那不是大熊——

「喂。」我沒打招呼的意思，卻發現嘴唇已經發出問候。

對方還距離我一百公尺吧。我訝異自己居然如此積極想要見到朋友。以前的我，絕對，不可能。搞笑欸，他該不會特別跑來這裡抓寶，我們有半年沒見了，想要見到我也不必這樣感人嘛。不知是腦內啡分泌還是腎上腺素作用，我急切地在腦海快速整理接下來可能和大熊閒聊的內容。

奇怪的是，當他慢慢地靠近，放下垃圾袋的剎那，他完全當我是空氣，顧自從褲袋掏出手機便開始專心看著螢幕。

啊。我發現自己緊閉的嘴唇完全沒有出聲，但我心裡驚訝地對自己說，他不是大熊，只是身材有點相似的人，我竟然如此想念他。我認錯人了。於是，我裝作一派輕鬆，先是放下緊繃的肩膀，也從外套口袋掏出手機來，我和他，眼神同時空洞地投向手裡的長方體，誰都沒有說話的欲望，空氣凝結在四周。

這時候就很感謝手機的發明讓我看起來不像是笨蛋，我確定他並未聽見遙遠的招呼，並且不是個聒噪又有好奇心的人。

一陣悅耳的音符從小路那頭傳來，解救了我無比尷尬的瞬間，回收車車速略微放慢，清潔員伸手便接去兩袋回收垃圾，毫不浪費分秒彷彿默契良好的接力賽隊員。我和他，也絲毫不遲疑回到自己的位置，他拉拉帽沿往產業道路植有香蕉樹那頭走去，我轉身回家關上大門。

如果是大熊就好了。關上大門的同時，我的喉嚨咕嚕一聲嚥下想說的話。

眼角順帶一瞥，小院落裡的玫瑰花叢大多枯萎，乾褐的花瓣鋪滿紅磚砌成的花圃，這個小院子，在奶奶身體還健康時可是每天灌注最多時間的地方，她曾經細心呵護的玫瑰、薄荷、虎尾蘭，還有一堆我叫不出名字的植物，如今都失去注視的目光了。

打從小學用布丁杯子灑綠豆孵豆芽之後，我就再也沒有種活過任何植物，但為了延緩奶奶失智的症狀，我決定先犁出一小塊地。

小鳥阿姨前幾天有拿來幾株九層塔小番茄的菜苗，她說從菜苗開始種可以減低失敗率。我一點也不擔心種不活，奶奶不會生氣，反正她很快就會忘記今天發生什麼事，種菜只是為了讓她勞動一下手腳，順便晒晒太陽。

拿著園藝專用的小耙子挖土時，有些堅硬的小石子阻擋了去路，手腕越是使勁肩膀越是疼痛起來。想到自己這半年來都不曾好好鍛鍊身體，不再做核心動作的我，別談復興腹肌，連大腿肌都無比軟弱，蹲在這裡不到十分鐘，雙腿竟然又痠又痛。

不知為什麼，明明我是為了奶奶做這些，最後卻好像也是為了自己。

如果不是為了帶奶奶去附近散步，我也可以好幾天都不出門，從家裡最遠的距離，就是倒垃圾或是去庭院小花圃澆水，手機計步總顯示不超過三百步。

在奶奶失去的回憶裡，或許，她早已抵達我不知道的地方。

而我，我的人生，只在這個家附近打轉，永遠不超過三百步。

忘了我是誰，其實也滿好的，忘了，人生好像就不那麼漫長難過了。

§

轉不出這個家的人生，除了我，還有只會指使我做事的父親，但他比我好一點，至少他還能去社區大學教課，偶爾轉出家門透個氣。

「哈哈，其實你爸除了對你比較凶，他也是用心良苦。我看過太多看護摸魚打混的，人前一套人後一套，老闆裝監視器，看護就成天推著爺爺奶奶的輪椅出門，逛街吃東西和男友約會樣樣都來啊。」

「欸，阿姨，不是說好了，同一陣線聯盟打擊老闆，妳幹嘛叛變？」我故作嚴肅地說。半年前，我還無法想像自己能和她變成朋友如此談天。

「你看，你爸多有遠見，你回家照顧奶奶，他也放心自己人嘛。」

小鳥阿姨一面和我聊天，手下不停歇洗著花椰菜，一朵朵仔細掰開清洗，有她協助家事工作已然一年，廣義來說，她的老闆和我是同一個，我才上工半年，照顧奶奶的瑣事還得請教她，更重要的是，我們偶爾也會痛快地說老闆壞話。

「阿姨，你真的沒喜歡過我爸嗎？一點點喜歡也可以，他雖然有時候很機車，其實人還不錯，考慮一下啦。」

她聽了迅速翻了個白眼同時往我胸口揍了一拳，好像自己多委屈似的皺眉說，「喂——你可不能和老闆亂講話，一個人自由自在多好，才不想免費伺候老爺老太后咧。」

最後的結論讓我們倆同時笑到喘不過氣來，我和小鳥阿姨也算是同事，不知算不算忘年之交，除了剛開始有點不熟還不敢胡扯瞎聊，後來她連自己離過兩次婚有個只會偷錢又不長進的兒子都告訴我，我們聊天打屁像認識了八百年。

我也不知道為什麼，在她面前，好像不存在亞斯恐懼的人際往來，也不存在曾有的憂鬱。嚴格來說，可能是我回家之後，每天有事做，病狀減輕了許多吧。

她說剛開始來我們家打掃，曾經從櫥櫃整理出八個撈麵的大小篩網、刨刀五個、刷鍋的圓形棕刷十幾個，她說奶奶還沒生病前一定是能幹的主婦。

「每天都在廚房做三餐的人，現在連洗米煮飯都不會。」父親望著那堆不知何時被奶奶從市場買回家的東西，他嘆了口氣說，終究是太晚發現奶奶失智的症狀了。

父親囤積物品的癖好，也不能說是遺傳奶奶的囤積基因，阿姨表示去過很多家庭做家事服務，幾乎所有的老人都捨不得丟東西，有的是覺得很好用怕日後買不到，有的是想要多買一些送給親朋好友，不知不覺越買越多，最後甚至連別人丟的廢棄物品也會撿回家。

「沒錯，奶奶反正已經不會再買了。沒想到，我爸也是這樣，我丟他的，他又會四處去撿別人不要的破爛，拜託幫忙勸勸我爸，我快被他氣死了。」

她立刻朝我擺擺手說，「不不不，這種病沒得治，誰勸也沒用，我自己也很愛撿，說實在的，老人都比較惜物啦。」

我這才想到她也是六十歲的歐巴桑，這個歲數大約是戰後嬰兒潮，普遍經歷物資缺乏的年代，的確比較愛惜物品。不過，最讓我困惑不解的是，父親不只是囤積沒用的東西添亂，自從我接手照顧奶奶，他藉故社區大學的寫作班學生問題很多，經常早出晚歸，我上網查過課表，他一週才兩個班四堂課。

日常打掃做飯有小鳥阿姨，再加上兒子幫他照護失智老母，他再繼續逃避真的不是辦法，畢竟要多盡點為人子的義務吧。耐下性子和他商量調整照護時間，他居然臉色大變，朝著我大吼，「誰能長期照顧病人，你不行，我也不行——」

頓時，我愣在原地，父親鮮少大發脾氣，剛才我的語氣也還算溫和，究竟是哪句話逆了他的毛，我不是很懂他現在為何暴怒？

如果不討厭照顧老人這件事，他居然還建議我可以利用時間去考個照服員的執照，之後奶奶或許需要送到安養院，我就可以有另一個謀生技能。

父親這個說法讓我立即湧起一股壓抑不住的憤怒，雖然凡事需要往遠處著想，我不清楚，目前生理還可以自理，失智等級雖是第三級的奶奶，他就在思索未來要送安養院？

奶奶失語、失認、失行的狀況，依照我詳細的筆記紀錄從來不曾持續三個月，認知時間是有些混亂，認知自己家倒是百分之百沒有一天搞錯。

尤其她最不喜歡我進她房間，每次我敲門說要進去囉，她就會大喊，「不可以——女孩子的房間怎麼可以隨便進去，色狼啊啊啊——」

奶奶認知人物確實值得擔憂，像是經常錯認我是色狼，但神智正常也會甜膩膩地喊我乖孫。不過，她認錯父親的次數並沒有顯著增加，總是嚴厲地訓斥自己的兒子不手軟。譬如牢記月初發薪資的日子，不論父親怎麼跟她解釋，現在都是電腦轉帳匯入銀行帳戶，不會有以前那種將錢裝在牛皮紙的薪水袋，她仍然執拗不理。

奶奶睜大眼嘴一撇，直瞪著父親，鼻孔吭氣說：「你當我三歲小孩好哄騙嗎？什麼腦的，我才不是豆腐腦，好歹你母親當過小學老師啊，你不給我薪水，房子貸款還有會錢，一家老小吃喝要怎麼辦，你給我說說看……」

每個月初發薪日奶奶總是一句不漏全本照演，真不知道她這段記憶為何如此清晰？後來父親已經懶得爭辯，他會特意將將現金裝在牛皮紙袋，裡面還有一小張列印出勤日數加班時數的紙片，搞得和真的沒兩樣，恭敬地上繳給奶奶。

奶奶收到錢後，過幾日，父親再哄騙說，要去銀行繳貸款了，奶奶會數出紙袋裡一半的鈔票給父親。再過幾日，又來喊說要去里長那邊交會錢了，奶奶又從紙袋剩餘的鈔票再數出幾張，然後搖頭嘆氣說，「賺錢難，錢真難使，一家要喝西北風啦。」

小鳥阿姨每次見到這對母子數錢的模樣，總是搖著頭嘆氣說，「多好啊——兒子孝順啊，錢都給媽媽管，像我兒子只會挖我棺材本。」她還朝著我做了個手指輪番數錢的動作，好像那個挖棺材本的兒子是我。

父親邊收拾奶奶丟在床上的衣服苦笑著說，「阿雀，妳看至少我媽跟我拿錢時，還認得我是她兒子。我心滿意足了。不知道哪天她會說，這位先生，你還給我錢，真是大好人。」

我觀察著父親溫和的態度，再度回想之前他暴怒的模樣，為何他的情緒變化如此迅速？實在疑惑不解。

阿姨似乎沒有發現父親的轉變，還笑嘻嘻地表示，「沒錯，這麼想就對了，老太太命好，我去過好幾戶人家，都是久病無孝子啊。」隨即她又雙手一攤說，「有兒孫不離不棄這麼照護多好，還有些人拖欠我薪水不給，實在缺德，吃定我不能放著老人家吃喝不管嘛。」

「說真的，阿雀，我很感謝，如果沒有妳幫忙，我們連三餐吃飯都有問題，也照顧不了我媽。」

父親忽然放下手邊的衣物，站直身體對小鳥阿姨行了禮，此舉讓我們同時交換了驚恐的眼神，阿姨眼睛骨碌碌地快速左右轉動，像是對我說，「你看看你爸，是哪根神經不對勁？」我只好回報她一個無奈不解的聳肩加微笑。

只見小鳥阿姨將衣物一捧塞進洗衣籃，故發怒氣的說，「同學，我是拿你薪水做事啊，你現在忽然感恩是怎樣？不然年終獎金多發幾個月給我，跟那個長榮還是鴻海一樣啊。」父親沒料到她突來的反擊，居然手足無措僵在原地，臉上掛著下不了台的尷尬表情，一旁觀戰的我覺得老同學鬥嘴莫名有趣。

阿姨除了愛嘮叨話多了點，她的心腸算是我見過最美的，雖然我見過的心腸不算多，至少她嘴甜又會哄老人家開心。不過，她最近常說，奶奶妄想症似乎更嚴重了，尤其到了黃昏，一下子沒照盼好，奶奶就急沖沖往外走，說要接爺爺下班。

更麻煩的是奶奶還經常誤認小鳥阿姨是她媳婦，還說金項鍊被偷走，總是隨手就拿起杯盤就往她身上丟。

「說真的，同學，工作量再多我都可以，但是，難免心理壓力會很沉重，下次回診，還是得問問醫生有沒有改善的辦法？」阿姨最後清潔好衛浴離開前這麼說。

「失智又沒有特效藥，哪有什麼辦法？醫生說的建議我都會背了。」父親無奈地回覆。

「唉，照顧病人沒有不辛苦的啦，大家加油。下個禮拜見囉。」她也不好意思將自己的壓力全放到父親肩上，關上大門前，仍在鼓勵的語氣中揮手道別。

剛剛對小鳥阿姨的好感度瞬間又減少許多，我打從心底厭惡大家加油這句話。

彷彿是大家永遠做得不好不夠不足，但是，真的沒辦法了，也無法再加油又該怎麼辦？

可不可以就不要努力了？這半年來，很多次，我都想這麼對奶奶說，對自己說。但是，我還不打算對父親說。我想，小鳥阿姨的加油聲，肯定是對父親說的。

阿姨離開後，我將庭院裡的鐵門鎖上，設定好大門的電子鎖，走回奶奶房間時，父親正準備讓她服用睡前的輕量鎮定劑，穩定睡眠狀況，至少半夜不會自己玩轟趴。

「不要——我不吃——想毒死我啊——」

父親只要拿出九宮格的透明藥盒，藥錠都還沒倒出來，奶奶就忙不迭尖叫，毒藥啊——他要害死我！還緊緊拉著我，我又不能放開她，只好任由她的指甲深深掐進手臂，非常疼，但是我的皮肉疼遠遠不及父親心裡疼。

自己的老母老是懷疑他，一日三餐疑心他要謀殺她，再怎麼堅強的人也會垮掉吧。

奶奶除了飯菜點心，想要哄她吃個藥實在難如登天，藥錠用湯匙磨碎混在果汁，有時候只好把藥粉從膠囊裡倒出來攪拌在菜飯裡，她邊吃又邊掉落滿桌滿地，真正吃進的藥少之又少。

父親默默地扣上藥盒蓋子，遞給我，我觀察到他的嘴角居然上揚，那種笑容比哀傷還要哀傷，他大概是想忍住情緒不在兒子面前哭出來吧。

三

記得剛開始吃抗憂鬱的藥，是去年冬天，腦子每天鈍鈍的，像是整個人泡在水裡那樣。回家照顧奶奶，經過兩個季節，炎夏似乎讓目前停藥的我，精神狀態輕鬆許多。

「輕鬆許多很好啊，每天工作，讓你有了存在的意義呢。」大熊照例追隨語尾地回我。

將這些轉變告訴他，並非想得到應酬式答覆，大熊的口吻不由想起以前同組做實驗的同事，發生在別人身上的事，不是他的人生，總是無所謂的模樣。

「幹嘛餵我心靈雞湯？訊息不讀也不回，是怎樣？抓寶很累啊？」我忍不住吐露酸氣。

「抓寶很累啊，要走很多路欸，手機常常快沒電……」

「多帶幾個行動電源啊。你根本是懶得回我吧？」懶得陪他練肖話，乾脆直接說了，「欸，我想帶小貓去看醫生。」

「看醫生？小貓怎麼了？」

耳機模模糊糊傳來大熊軟弱無力的聲音，他肯定還是像擺在檯燈下的多肉植物缺乏陽光那樣乾癟。不過，至少也很關心小貓的樣子，不到兩秒，他又從心靈雞湯瞬間回到我五個手指內的朋友了。

「小貓太瘦了，查Google可能肚子有寄生蟲，但也可能是挑食。」

「可能是挑食……就帶去看醫生啊——不用跟我請示。」

「講啥潲啦，誰跟你請示，我要顧阿罵，出不了門。一句話，來不來？帶小貓看醫生，兩小時就好。」

「兩小時？兩分鐘都走不開，系統上線我要顧——電腦。找你爸啊，他不是退休了？」

「算了，根本不能指望我爸，他昨晚居然沒有回家，可能外面有女人了。」

「外面有女人？這個可能性極高，恭喜你，有後母了。」

「恭喜個屁，有女人會喜歡他那個混蛋才有鬼，喜歡他的錢，可能有。」

「喜歡他的錢，你不也是啊，哈哈。」

「靠——我不用喜歡他的錢啊，他要掛掉，他的錢就是我的錢了，怎樣？」

「怎樣……不，怎麼，樣，我又不是富二代只能靠自己啦。」

「老北老母朋友啊，誰都不能靠啦，帶小貓看醫生還是靠自己——」

「靠北啊——我就走不開，要上班啊。」

大熊最後的話語像是電力耗盡，啪地一下，他無奈的語氣和神情瞬間消散在我腦海。

一開始就不該寄望這個傢伙，我關掉對話視窗也關掉他仍縈繞在腦中的吼叫聲。

再撥一次父親手機，仍是語音：「對不起，您所撥打的電話暫時無法接通，請稍候再撥。」

稍候再撥，稍候再撥，稍候再撥，從昨天傍晚到現在，不知道稍候撥了多少次，沒有五十次也有一百次，連社區大學辦公室也打電話確認過，他今日未請假也沒到教室上課。

「難道，您父親發生什麼事嗎？」助教疑惑。

助教另一個意思，豈不是，兒子是你，你不知道自己老爸去哪還要來問我？太好笑了，難道你的父親不是你的父親？

助教的疑問也一直迴盪在我耳畔，究竟發生什麼事？

這種不負責任的態度，從來不是父親的風格，為何突然消聲匿跡？

「阿宏——阿宏——，你有看到我家阿宏嗎？」

本來乖乖看電視的奶奶忽然走過來拉著我找阿宏。

阿宏不是父親的名字，是奶奶最近幻想出來的男人，兜了快五百片拼圖的訊息，我才歸納出阿宏是她留在大陸的弟弟。

「可是，奶奶是獨生女，她沒有弟弟。」

當我以為阿宏的身世水落石出，父親卻兩三句話推翻了結果。這個答案同時讓我們陷入長長的沉默。

「所以，阿宏和色狼一樣，都是奶奶的妄想症？」我決定打破安靜的空氣。

父親毫無把握說，「我只知道你是色狼，我是阿宏，奶奶最近常把我認成阿宏。」

「當弟弟比當色狼好吧。」

聽到我的玩笑話，他毫無幽默感瞪了我一眼，繼續批改作業，但頭也不抬地表示，「問題不是當誰比較好，而是奶奶的妄想症越來越嚴重了，這次回診醫生又重新幫她照了斷層掃描，要調整一下藥。」

「喔。吃藥就會減少妄想嗎？」

「誰知道——醫生也不敢打包票。只是盡量延緩她繼續惡化下去吧。」

那天，是我們這半年來談話最多最為平靜的一次，好像父親和我終於抽離出這個家，進入了某個平行時空，一起俯瞰著家裡失智的奶奶、無力的父親和我。

但我心中隱然又浮現不安感，彷彿是暴風雨來襲前，風不動樹不搖晃，空氣凝結的狀態，詭異的氣氛始終縈繞不去。

我在客廳無止境地繞圈踱步，回想那天的對話，以及父親前些時日的異常舉止，跟在身旁的奶奶也不放棄繼續拉扯我的手臂，阿宏——阿宏——叫個不停。

她不知道自己的兒子整夜不曾返家，執意尋找不存在的阿宏。

「不要再吵了——阿宏根本不理妳了。」我忍不住朝著她大吼，話還沒說完，奶奶便哇地哭了出來。

成串淚珠彷彿是她臉上附帶的裝飾，一點也不影響她此刻就要擁有阿宏，她繼續抓著我的手還加碼摟我的腰狂喊——

「阿宏——我乖，你也乖，姊姊買糖給你吃喔。」奶奶盈眶的淚殷殷傾訴。

「好，我乖……」

我居然感動地想哭，太好了，我終於擺脫色狼，變成阿宏了。

奶奶的眼淚濕的熱的，一顆顆落在我白色T恤，圓圓的水漬沒有重量，但她靠在我背上的感覺，彷彿小時候出去玩我不想走路，她會捏捏我臉頰說，小賴皮奶奶背你……

奶奶對阿宏真好，當阿宏總比當色狼被她丟拖鞋好。她還是緊緊摟著我，我不自覺也伸出手環抱她的肩膀，彷如童年的我摟著她，纏著她買小熊軟糖那樣的真心。

這究竟是什麼狀況，父親失蹤了，奶奶失智了，我不能也瘋癲了。

我得深呼吸一下，冷靜，此刻不該對奶奶發脾氣，她不過想要尋找阿宏，就好像我現在也很想找到父親那樣。

§

我想起國中那時和同學打過一個遊戲，在遊戲的世界裡，有神、魔、仙、妖、人、鬼所構成的六界，我們必須不斷突破各個關卡，在那個世界裡當鬼不見得最低賤，當神也不見得最高尚，但我現在卻不上不下的卡關，當不了人也當不了仙。

假設父親也在遊戲的世界，他究竟何時破了所有關卡？而且早已晉身仙班，簡直是逍遙自在的神一樣，他肯定高高在上地俯瞰著我，我是被他踩在地獄的鬼，無法翻身。

深呼吸，深呼吸——

醫生說焦慮的時候不要鑽牛角尖胡思亂想，要冷靜，要調勻氣息，讓自己回復到一棵不會動的樹，只有順應自然，風來雨來太陽晒我都能承受。

對，我是一棵不動的樹，張開雙手，畫個圓，我是樹。

醫生教的這招挺有效的，每次都能讓我狂跳不止的心臟慢慢變得很乖，大概像是奶奶的弟弟阿宏那樣乖。然後，我又開始吃小熊軟糖了。

當一棵不動的樹，必須嚼一顆軟糖，那會讓我感覺甜，遺忘苦。

嚼著充滿蘋果膠和蔗糖組成的軟糖，大腦瞬間得到安慰後我仔細回想，父親近來注意力確實有些飄忽，居然連續兩次忘記繳納電費和瓦斯費，翻遍各處都找不著那些繳費單？他這個古典腦袋實在是溝通不來，寧可每次拿單據去郵局繳費卻堅持不用網銀自動扣款，為了不被斷電斷天然氣，最後我還是得跑一趟瓦斯和電力公司善後。

生活不過就是由瑣事所構成，難得失誤，我不想再去搖晃固執老人堅持的心，只是要我這亞斯性格的人出門實在無比糾結，也只能趁著他沒課奶奶睡午覺時偷空去繳費。

「你實在不用這麼麻煩，差幾天沒關係，政府不敢怎樣，又不是不繳錢。」

果然，見到單據上蓋著紅色逾期繳費的戳印，父親仍然振振有詞地說，絕對不要申請自動扣繳喔，就是要拿著單子核對度數金額才知道過日子不簡單。

日子從來都不簡單，我沒懷疑過。父親想過的生活仍停留在六〇還七〇年代，他開心就好，反正他老闆他說什麼都是對的。

再撥一次父親手機，仍是語音：「對不起，您所撥打的電話暫時無法接通，請稍候再撥。」

阿宏啊——阿宏——你在哪裡？

奶奶又來了，每天重複的記憶只有阿宏和色狼。

回憶，也可以稍候再撥給奶奶和父親嗎？

我只要好好照顧奶奶不讓他挑剔就好，這半年來，各過各的一切太平。但是，他已經消失一個日夜，我一點也不好過，應該報警嗎？還是先在家找找看父親是否留下什麼蛛絲馬跡？

聽說報警請求協尋失蹤者需要超過二十四小時，父親消失的時間好像未滿一天，我在警察局的服務網站搜尋怎麼報案，點開網頁密密麻麻的資訊讓人頭好痛，仔細查了一下沒規定失蹤需超過一日，不過，要攜帶失蹤者照片去附近警局報案。

照片？父親照片在哪？住家附近的派出所又在哪？我毫無概念。

我決定求助Google map，打上派出所三個字，居然在離家不到兩公里的方位，規畫好路線，我迅速在腦海構思暫時安頓奶奶的方法。

剛剛以阿宏的身分拿了一小盒冰淇淋給她，再把電視轉到ＨＢＯ，奶奶總算稍微安靜下來。

我想起小鳥阿姨今天會去安養院協助健檢，在我們的聯絡群組，留下語音訊息，告知父親徹夜未歸之事，我可以等她回覆再來打算下一步，畢竟她和父親相處超過一年之久，或許能提供線索也說不定。

腦子有點亂，強迫自己深呼吸後，首先，還得去找出照片，問題是，除了客廳矮櫃上那一排照片，我從未看過他有個人照片。不過，這個問題可以再簡化，他不可能沒事去拍個人獨照，不知道社區大學是否有他上課的照片？

叮。手機忽然傳來訊息，是阿姨傳的語音。一時找不到無線耳機，只好慢慢地走到玄關那邊聽錄音，我怕奶奶忽然聽見，又要發脾氣說，叫那個小偷滾，有多遠滾多遠，前天她又說阿姨偷了金子手鐲。

點開語音，小鳥阿姨爽朗的嗓音立即充滿耳膜，她一叫小任，不知怎麼有點想哭，好像小時候在大賣場迷路忽然聽見媽媽在遙遠的那頭頻頻叫喚，小任你在哪？我就乖乖地待在原地等她那樣心臟不再亂跳的安心了。

「爸爸怎麼會突然不見？他這麼聰明又是當老師的人不會丟啦，我已經將工作託付給其他志工，馬上搭計程車過來。別擔心，有可能爸爸只是去哪裡散散心，不想告訴你，或許過兩天就會回家啦。」

我和無頭蒼蠅差不多，也不知道從何擔心，如果只是去哪裡散心那就好了。根據有限資訊顯示，父親是個不出門散心的人，心情不好都會關在書房裡，一直整理書架或寫書法，那就是他散心的方式。

小鳥阿姨不清楚他抒發壓力的方式也很合理，這幾年來，父親已經從書呆子變成有囤積癖的怪老頭了。

客廳方向的奶奶，還是半小時前的姿勢，歪頭斜坐在沙發上，目前看起來挺安靜的，可能是剛才放在冰淇淋裡的輕量鎮靜劑藥粉生效了。如果她等下想去睡個午覺，若是阿姨恰好趕到，可以將奶奶交接給她，接下來，我還得去警察局報案。

但是，照片會放在哪裡？

客廳矮櫃，父親好像什麼收據信件都擺在櫃子抽屜，我立即走到玄關的矮櫃將三個抽屜全抽出來放在地板上翻找，抱著一絲希望想著，搞不好會有照片？

左邊抽屜距離飯廳最近放置了藥品和血壓計血糖機，中央抽屜是小家電的遙控器電池說明書手電筒，右邊抽屜則是開封和未開封夾雜一起的信件。將這些東西全都攤開，一封封仔細打開翻找，抽屜最底部陡然出現了透明檔案夾，那是一大疊奶奶就診的收據和檢驗單……

三個抽屜都傾倒一空，果然父親沒有個人照片，難道，真的要拿全家福照片去報案？

正當我洩氣的想重新要將抽屜裝回矮櫃，眼角一瞥，發現左邊抽屜空出的木框底部，躺著兩張醫院檢驗數據，第一張看起來像是例行的健康檢查，血液甲狀腺心電圖之類，第二張圖表是CT和MRI影像檢測，正想將這兩張也放進透明檔案夾時，眼角一瞥忽然發現上面的名字，並非奶奶——是父親的名字！

ＣＴ和ＭＲＩ都是他做的檢驗。

為什麼需要做這個檢查？定睛一看檢驗單日期，已是一年前。

一年前，那是父親剛剛發現奶奶有失智症，我剛剛失業的時候。

為什麼？這麼重要的事，父親竟然不告訴我？

整個腦子頓時轟轟響，太陽穴陣陣抽痛起來，癱坐在地闔上眼許久，張開眼餘光卻看到奶奶似乎歪倒在沙發上了。

我急忙站起身來，以不驚動她的步伐繞到茶几旁，看來藥效似乎完全產生作用，她歪在抱枕上沉沉睡著了。此刻也不好將她移動到房間，我取來薄毯子，為她蓋好被子的同時，甚至還聽見均勻的呼吸聲。

叮咚——

我在小鳥阿姨按下第二聲叮咚前，火速奔到院子拉開鐵門暗扣，她有第一道鐵門的鑰匙，所以我毫無察覺有人進了院子，但她以往來家事服務我都在，所以也沒有另給住家兩道號碼鎖的鑰匙，這是為了奶奶經常開門跑出去而安裝的昂貴不鏽鋼製大門。

「奶奶睡著了，我先去附近派出所報案，家裡就拜託妳了。」

阿姨狐疑地看著我，又望向沙發熟睡的奶奶，會心地舉起手擺了擺示意我趕緊離開。毫無時間解釋，遑論交代剛剛發現的線索，我抓起玄關的全家福照片騎著單車，一路踩飛輪衝出家門。

事先在網路查好的地圖方位記憶猶新，那是距離住家不到兩公里的派出所，沿著產業道路直行，越過土地公廟經過像是三合院的住家，再疾行幾塊農田，路的盡頭右轉是家便利商店，再往前衝刺幾百公尺應該就是派出所了。

這半年來，離家最遠處只去過便利商店，領網購的無線耳機，雖說也可寄到家，但忽然不想讓父親知道購物隱私，便選擇到店取貨。抵達這間派出所，比我想像中還快，約莫十五分鐘，也是目前我離家最遠的一次。

走進派出所，儘管自己沒幹壞事，額頭仍冒出汗珠，可能是剛剛騎車太急切吧。這裡沒有想像中肅殺，排成田字的四張辦公桌甚至有點淒清，有位年輕警員獨坐著，他低著頭不知在寫什麼，十分專注。

「我要報案，我父親失蹤了。」站在入口圍成半圓型櫃檯前的我，一出聲就劃破寂靜的空間。

那位感覺年紀很輕的警員猛地抬起頭，立即朝我招手，示意我坐到他旁邊的椅子。下巴冒著幾顆青春痘，戴著黑框眼鏡眼睛很細長，他挑了下眉問，「失蹤？什麼時候的事？多久了？」又順手從桌子中央抽屜取出一張有格式的紙。

「嗯，昨天下午出門就沒有回家了。」

「以前有過這種情形嗎？」

「不知道。應該是沒有。」

「有就有，沒有就沒有。什麼是不知道？你和爸爸很不熟嗎？」

「算是不熟。我們一直沒住在一起，我搬回家住才半年。」

「半年，也會知道他平常的作息啊。你這樣不行，爸爸有可能去打麻將啊，還是去朋友家喝酒喝醉了，就睡在朋友家嘛。」

年輕警員好像在描述別人的父親，他可能希望我父親也是這樣。他是否曾經夜不歸營我不清楚，打麻將和喝酒，以前他都不沾。

「我爸不會喝酒和打麻將。」我肯定自己的想法。

我剛說完，警員停下記錄，他手指捏著紙張、嘴唇輕輕咬著筆頭，好像我的回答讓這件事變得很棘手，但馬上眼睛又瞿然有神地對我說，有帶照片嗎？

我將放在外套口袋的四吋照片取出來，連同相框遞給他，他看著全家福照片，瞪大瞳孔，又迅速眨了下眼，好像不太確定的神情，拿全家福照片報案，他似乎認為我不是認真想要尋找消失的父親。

他又抬頭看了我一眼說，「沒有別的照片嗎？大頭照或生活照也可以。」

「沒有。我父親不太照相。」我不瞭解父親是否喜歡照相，目前只能這麼回答。

警員的年紀應該比我小，大概警官學校畢業不久，或許他從未處理過失蹤人口報案，也不曾遭遇父親離家出走，感覺不是很在乎我找不到照片的心情。他認為每個人都應該有幾張生活照，但是，我的確努力在家四處翻找過了，就是沒有。

不知該怎麼對應警員的要求，我在他面前又試著打父親的手機，「對不起，您所撥打的電話暫時無法接通，請稍候再撥」，仍然沒有任何音訊。

警員嘖地一聲，可能也同感疑惑，他也拿出自己的手機按了幾次同樣號碼，得到和我一樣的回覆。

他搔搔短得不能再短的平頭，再次詢問父親平日作息和工作狀態，還要我盡量提供任何想得到的細節。

我能提供的線索不會比五分鐘前多，在電腦繼續建檔資料的他緊皺著眉頭說，你們平常很少聊天嗎？感情很差喔。

我隱約記得父親當天穿著淺藍格子襯衫和黑色西裝褲，作息沒什麼異狀就是去上課，猛然想到兩張醫院的檢驗單據可以給警員參考，但我沒帶來。

「你提供的資料太少，有點難辦了。不過，我的經驗是通常來報爸媽失蹤，不久又打電話來說，已經找到了，這種狀況也很常見。或許，現在，你爸爸已經坐在客廳等你了。」他抿起上唇、停下敲打鍵盤的手指樂觀表示。

「喔。那是最好了。但是，如果還是找不到，是不是可以發布全國尋人啟事？」

「報案之後，電腦資料就會連線全國警局。你回家和家人商量看看，再從爸爸經常會去的地方、會找的朋友都再問問看。我這裡有什麼進展，也會隨時跟你保持聯絡。」

回家和家人商量……我也很想有家人可以商量，我能和奶奶商量嗎？

我不打算再和警員說什麼了。很久沒和陌生人說話，真的很累，我不知道報案必須說這麼多家裡的事，想說的不想說的，都得說出來，太難了。

我簡單的說聲謝謝，警員請我在協尋單簽名，彼此點個頭，便結束失蹤人口報案。

§

回到家後，奶奶睡得香甜，只是換成側身蜷縮在三人沙發，小鳥阿姨竟然也在另一張單人沙發睡著了。

若是父親沒有離家出走，家裡難得寧靜的時刻，我會立刻上線揪大熊打場遊戲。

電視正在播放旅遊節目，旁白介紹著北海道冰雪紛飛的冰雕公園，我低頭看了手機，原來不過離家一小時，卻感到全身氣力放盡，這才想起我連午飯都沒吃。匆匆在冰箱裡拿了一條三角巧克力，那是父親的學生去德國旅行回來送的，「還能吃嗎？已經過期了，但是一直冰著應該還是能吃吧？」

咬著巧克力時，忽然想起父親好幾次開冰箱時不止一次對著這條巧克力說話，那時就覺得納悶，不過就是吃掉或丟掉這麼簡單的事，他為何要反覆說？

吃完整條巧克力，總算暫時驅逐了飢餓感，但我還沒想到接下來，該怎麼辦？剛剛報警時，警察說即使沒有希望也要試著去尋找希望，總不能什麼都不做。回家路上，我也不斷告訴自己厭惡也得去做，首先打電話去目前還算有往來的親友家，詢問大家父親是否與他們有過任何聯繫。

「嘖。」

我不自覺發出那位年輕警員同樣的煩躁音頻，那種明知道敷衍一下也毫無幫助的聲音。

我得主動講話，而且還得和平日完全沒交集的陌生親友說明父親失蹤的細節。

太難了。太難了。實在太難了。

我決定到二樓去辦這件事，眼下兩人正沉睡著，這樣也好，可以慢慢講電話，不需要和對方有眼神交流。我在腦海勾勒通話內容，很簡單，父親已經二十四小時沒回家，請問他最近有和你聯絡嗎？社區大學助教那邊她已知道父親沒去上課，直接請她提供父親比較談得來的同事或學生的聯絡方式，接著再繼續和陌生人講話。

爬上樓梯的一分鐘時間，構思電話流程，我無意識地複述好幾遍。

「老實說，你真的很不會聊天，Siri講話都比你誠懇。」大熊說過的話又冒出來了。

每次面試失敗，我總會檢討究竟說錯什麼，或是回答時太沒自信？大熊常說我說話的聲音聽起來非常扁平沒有溫度，他不過是剛好從事只要寫程式面對電腦的工作，總是追逐別人話尾的人實在沒資格評論我。

莫名焦慮將我整個人嚴密的層層包裹起來，不知道有多久不曾如此慌張，我以為自己的亞斯症狀很輕微，沒想到回家後竟然有需要大量社交的一天。

二樓配置三個房間，附有衛浴的主臥原本是父母親專用，另有兩個面積略小的房間，一是我的領土，在這個家誕生那天就以嬰兒房的布置迎接我，念完高中考上大學搬出去，這個房間仍保留著。

另一間是父親的專用書房，返家照顧奶奶這半年，我初次推開這扇門，平常也不曾有走進此地的想法。更精確的說，非不得已，我不想進入這間書房。

三面書架，正中央擺著橡木大桌，一切和童年記憶完全相同，彷彿這裡還停留在我小學的時空，視線所及都是書、高聳直上天花板的書架、巨大書桌。我忍不住伸出手觸摸這張桌子，木頭顏色和紋理好像比以前更深刻，但差不多是淡棕色和咖啡色的差異而已。當時父親花費高價，木工師傅敲敲打打半個月，才有了特製尺寸的書架和書桌。

奶奶直說他被騙慘了，人家說是緬甸橡木防蟲蛀他也信，父親還怪奶奶老是懷疑別人的善良，明明那位師傅是手藝和品行都沒得挑剔的憨厚。母親也在客廳加入繼承家產的行列，我還記得她朗聲說著，長久使用就是要傳給小任用，材料自然要用最好等級。

奶奶暴怒地叨唸浪費、敗家無止境辯論，也改變不了木已成書桌的事實。

母親撒大錢買東西要多高級，我小學生都沒意見，但從小聽奶奶叨唸什麼都留給小任，越發感到這個家將我從小壓得沒肩膀，難怪以前只要挑這挑那找工作，父親就會賞我嘖嘖兩聲，叫我乾脆回家吃祖產。

「小任，你看看，書架隔板都彎曲了，只有你爸會被騙，還說是緬甸橡木哩。他和那女人學壞，只會浪費、敗家。」

我之所以記得這些，那是奶奶從我認得字，就領著我去書房觀看一本本書背，認字，同時將這段敗家浪費的書房故事再講一遍，不厭其煩講到我要考大學那一年。稍微懂得基礎的力學原理，都知道木製層板經年累月承受書本重量，如果木板中央沒有支點，施力點不能分散，層板肯定會慢慢地屈服於時間壓力，彎曲成下弦月也不奇怪。

三面書架上的藏書整齊挨擠得沒有紋絲縫隙，那是父親的學問，我的噩夢。

摸著這些沒法呼吸擠成扁扁的紙張，它們和父親不分日夜關在這房間，意志肯定比我還要堅強。

看到這堆書，想起父親總是要我背誦默寫唐詩宋詞，一開始是好言哄騙，後來變成懲罰，我討厭所有古人的文字肯定是他製造的陰影。儘管我的數學理化也不是頂尖的好，高中分組仍然毫不猶豫選三類，志願都填一些和動植物和食品營養相關的科系。「明明英數理化都不錯，只有國文需要加強，為什麼不選一類，腦子是不是有問題？」當時他非常氣憤，我不敢看他，始終低著頭望著他握緊的拳頭。

有問題的人往往不知道自己才是問題製造者。他滿腦子經史子集，我，絕對，不要變成那樣滿口儒家道德思想腐化的人。

大學放榜那天，也是在這個書房，他說完這幾句話，我和他就沉浸在無邊的沉默之海，不知過了多久，幾乎窒息無法呼吸的時候，「你待在這裡好好想想未來該怎麼辦？」父親說完後，彷彿擺脫什麼燙手的麻煩隨即起身離開書房。

算了，往事就不必再提，書架裡肯定也不會有照片，接下來，搜尋目標是那張書桌。

坐上父親的高背椅，真有一點點像是父親的樣子。

忽然萌生這可怕的想法，肯定是書房空氣太悶了，才會胡思亂想。

我不可能成為父親。更準確來說，我不想成為父親那樣的父親。

高背椅後面是一扇大窗，拉開窗戶，書房頓時注入微風徐徐，從窗口可以清楚地眺望小庭院裡的木瓜樹和小葉欖仁頂端，還有停在院子裡的腳踏車，是我高中騎的那輛舊車——

不對，車子好端端在家，代表父親去了更遠的地方，這是怎麼回事？

我將高背椅轉回這張笨重的橡木書桌前，我想應該再撥一下父親的手機，可能手機沒電，也可能待在訊號不好的地方，或許，他正等著這通電話也說不定。總之，我有強烈的預感，應該再試一次。

我拿出手機按下剛剛的通話紀錄，整排都是得不到回覆的爸爸爸爸爸——

難道，早就計畫好離家出走，根本不是臨時起意或是一時興起，我越來越相信自己的推理，父親總是對事物異常執著。

再次按下回撥，不到零點一秒，書桌竟微微晃動，我下意識起身走到窗口眺望鄰近電線，川字線路自遠處延伸至此，仍紋絲不動橫亙在田與田之間。那麼，不是地震啊。

再度坐回書桌前，桌子仍微微晃動著，是一種規律頻率，間隔一定時間的震動，瞬間，我聽見心跳驟然加快從心底飆速上來，難道……是——

我立刻伸手將書桌抽屜拉開，果然，第一眼看到父親那支只顯示3G並且經常無訊號總在搜尋網路的爛手機。

我拿起手機問它，你主人咧？

手機螢幕倏地彈開，上百通未接來電，大多是等不到回音的兒子兒子兒子兒子兒子兒子。

實在很想將這手機直接往地上摔成爛泥，原來，他是存心不讓人聯絡。

父親總是嚴格規定不能亂動書房任何物品，幼年的我只比書桌高出一個頭，現在我可超越它半個身軀，桌子不再巨大，父親的話，自然也沒那麼令人害怕。

書桌裡的東西勢必都要翻翻看。書桌有兩個大抽屜，拉開左邊這個筆墨紙硯一應俱全，大楷中楷小楷，羊毫狼毫兼毫，這些毛筆我好像都寫過，小學的每個暑假，父親必然在這張大桌鋪好厚厚一疊宣紙，教我怎麼開筆潤筆入墨。

我沒有寫下任何一筆討得他歡心，只記得每一分每一秒都在等待他放棄我。

升上國中後，我的成績屢次讓他失望，父親也對自己失望，他淡淡地說，也不是寫書法的料，不如好好加強課業。之後，他總是從上課的手提包拿出更多評量，要我每天寫完給他批改。

我和他，彷彿只剩下分數關係，他逼得青春期的我更加善感多愁。

闔上左邊抽屜，冷靜地環視這個房間，我聽到自己沉沉地嘆了口氣，多麼明亮乾淨整齊，簡直是樣品屋，這裡並不像客廳塞滿物品，父親的囤積癖放過了這個空間。

我的童年陰影，好像也被這裡的明亮刷淡了。待了一段時間，我居然會這麼想，而且沒有呼吸困難。

再拉開右邊的抽屜，我愣了一下，毫無雜物，顯得過於空曠的抽屜躺著兩個黃色資料袋。我立即將紙袋裡的東西倒出來，一個裝著房屋所有權狀、戶口名簿、父親的護照和印鑑，另一個裝著幾張政府公債、定存單、壽險保單還有兩本銀行存摺，另外一張白紙以油性筆寫著帳戶密碼，保單和定存單到期日。

看起來父親存心將這些得以維續這個家的彈藥全都留給我，他瀟灑地離家出走了。真有如此簡單嗎？

我還遺漏什麼重要線索嗎？

此時我居然想起整理父親一堆舊書時，他堅持搶救了幾本契科夫的小說集。當時他自信的侃侃而談，這位舊俄時期厲害的小說家獨特的創作法則，叫做「契科夫的槍」，也就是故事在進行時所有出現的線索，都應該在後文陸續出場，否則就沒有出現的必要。

既然父親離家出走的重要線索「手機」已出現，卻是斷絕我撥電話找到父親的渺小希望，究竟發生何事讓他無法繼續留在這個家，唯一途徑只有離開呢？

客廳矮櫃找到的CT和MRI影像檢測檢驗單，上面的數字我不是很懂，或許父親真的罹患什麼可怕疾病，難道是癌症？癌症看是要化療還是開刀總是要面對啊，離家出走是能有什麼辦法，我的小雞腦子怎麼也想不出其中的連結。

那張寫滿帳號密碼的白紙肯定有蹊蹺，每個數字都長著可疑的臉，直到我看到最後一行，寫著「電腦」，後面英文加數字的密碼是父親的姓名拼音和生日。

原來，我的眼睛始終忽略這張桌子，最重要的線索，上頭擺著一臺不新也不舊的白色筆電，插頭是通上電的，電源燈也是亮的，我毫無遲疑伸手打開上蓋，立即跳出需要輸入使用者密碼的欄位。

我謹慎地將雙手放在鍵盤上，一個鍵一個鍵，緩慢地按下這些英文字母和數字，這是父親要我做的，所以，他才將最後的訊息寫在白紙最後一行。

打完最後一個數字，陡然出現的電腦桌面非常乾淨，像是知道有人要來家裡做客，特別收納打掃清潔，只留一個連結，彷如蔚藍汪洋中孤單而突出的礁岩。

有那麼一兩秒，我覺得父親真的是神，遊戲世界裡的神，他存在著預知能力，而我從來未曾發現。

我不加思索地將游標移到那個連結，食指點點，我相信父親希望我點開。

那是一個部落格。

——此處收不到訊號。

四

搜尋中

舊手機和我越來越像，褪色模糊，反應慢，在外面經常是「搜尋中」的狀態，我總是拍拍它，好聲好氣說沒關係，畢竟已經上了年紀。

大概五十五歲後，我經常忘東忘西，上課要講什麼人名或事件，明明握著課本，腦袋卻一片空白。沒想到退休之後，老化速度像是水往低處流，態勢越來越失控，不管多麼努力寫備忘錄，年曆手冊和便利貼，甚至連你小時候用的磁鐵畫板都用上，也彌補不了漏失的記憶。

這幾年記性差，未到六十，決定提早和人事處申請退休，我不能想像自己在講臺出醜，當然也無法容忍同事瞧見我無能的樣子。

不知道堅持這些有什麼用，但是我又還有多少時間可以堅持下去呢？

退休後沒事做，好像失去一個人存在的意義。我又繼續到社區大學教老先生老太太寫作，有點事做可以殺時間，否則會胡思亂想。不知道你懂不懂老人的孤獨，那個年紀離你太遠，但是你早晚也會面對。

奶奶回診和拿慢性處方藥的日子，講課和成果發表的時間，個位和十進位的數字，排列組合一點也不難，我卻要非常努力才不致出錯，上週在下週畫五顆星，昨天複誦今天的行程，前一小時提醒下一小時，絕對不能遺忘重要的大事卻仍然忘記了。

這支舊手機還是持續收不到訊號，拿去問通訊行店員他笑著說，「北北，這死機了。至少換4G，現在都5G的時代了。」

我捨不得換掉舊手機，或許是因為它和我很像，很努力地撐著過每一天，只求不被這世界淘汰。

我揉揉眼睛，這是父親的部落格。

看完這篇文，愣了幾秒，他是國文老師，自然隨便寫什麼也強過我動員每個腦細胞疾速奔跑。第一篇文章是〈搜尋中〉，看來他最近深受健忘所苦，簡直太要求完美，難怪活得心累人也累，年紀大了不就會忘東忘西，有什麼好痛苦？

他什麼時候開始寫部落格？我還以為他是清朝腦袋光復腦，看來我一點也不瞭解他，非也——應該是說我從來沒有花時間去瞭解他在想什麼。

最後一行，不是文字，是符號，父親模擬了手機訊號滿格的模式，就這樣結束了。

想了很久，我腦子還是空白一片，還是，父親逐漸發覺腦子已經一片空白。

沒，有，訊，號。

啊，我好像有點瞭解這個狀態。

父親在部落格寫下這些，並不是在寫作，而是寫字。

坐在他的書房，用他的電腦，反覆閱讀網頁，桌面只有這個網站連結，他早已預料到我會迫不急待打開？連手機都常忘記帶出門，居然記得將密碼寫在紙上給我。

他留下這明顯的線索，順藤摸瓜後會有什麼？或者，我知道自己在意的是背後隱藏的事。

他在文中兩次提到他很努力了。仔細回想，父親努力的樣子，都在這個書房這張書桌，他在這裡寫論文出考題改作業，站在講臺一輩子，為了教育學生付出所有，在我看來的確努力過頭了。

但是，這篇文章所提到的努力想記住什麼，他仍然是為了自己吧。

非常厭惡父親異於常人的記性，像多功能事務機，除了拷貝還會印照片，加上傳真和掃描，看到什麼都能牢記下來。上了國中，我就無法和他共處同一空間。他大概不懂事事要求完美的人會帶給別人多大壓力。

沒有住在一起那幾年，我逐漸遠離監視器，以為不再害怕他從記憶裡將過去的我揪出來，原來，我只是被自己的記憶欺騙罷了。

■沒有服務

手機越來越會鬧脾氣，你信不信，最近它也常跟我說，沒有服務。

我不需要它服務。以前的年代沒有手機，大家也活得很好，沒聽過誰沒有電話就活不了。

我倒是很想和你奶奶說，沒有服務。可是不管說什麼她都聽不進去，她的耳朵好像只剩下裝耳屎的作用。現在的她，沒有禮義廉恥信義和平，我也不能要求她有，只能繼續服務下去。因為我是她兒子。

最近常想著，如果有天，我和我的舊手機一樣，直接在臉上寫著沒有服務，是不是就真的解脫了。

你奶奶現在其實就是「沒有服務」的狀態，她很盧的時候，你還沒回家住，我常忍不住大吼——妳什麼都不記得，卻不會忘記刁難我，真是難相處的老太婆。

老，實在是上天給人類最好的下台階，沒得上階，卻得一直往下階走，我該怎麼跨過這個階？

有一天，你好不容易預告要回家，我用你幼稚園常用的磁鐵畫板寫下，要讓阿雀阿姨提前煮好紅燒蹄膀和剝皮辣椒雞湯，還特別貼在冰箱上。最後，不知過了多久才發現「星期六兒子要回家」這幾個字，還好，那次你好像也沒回來。

我不想又病又老惹人厭，並不是在說你奶奶。她失智後偶爾也會變成還算可愛的老太太，如果早個十年像個孩子似的，你媽也不會這麼辛苦了。你奶奶和你媽成天吵個不停，兩個女人還和親友說對方的壞話，成天為了莫須有的事情記恨，她們實在不應該住在一起，都怪老師的薪水太少，沒能另外買房子搬出去。

記得嗎？以前，你媽只要心情不好，總會要我帶你出門，不是她出門，而是我們。

你媽或許不想要我夾在中間難做人，每次在外面晃晃回家，以為她該不會放火燒了房子，或是拿刀砍了奶奶，這些想像的畫面倒是從來沒有發生。她總是已經做好飯菜，奶奶則待在房間裡，兩人還客客氣氣的招呼來吃飯啊。當然，誰也不給我好臉色看。

離開家的時間，我們常去附近的小山坡步道，沿途哪裡有鳥巢和鍬形蟲你都知道，你還做給山上小精靈回家的記號，那些有顏色和紋路的小石子堆在轉角和分岔路口。

但是，我忽然想起，你長大後就不再跟著我去走有樓梯的路了。以前的事情我倒是記得很清楚啊。

文章結尾出現了不滿格的訊號，這大概類似父親當天的心情，我猜。

但是，其中出現了「你」，我從小作文就很爛，至少也明白那個你就是我，父親竟然在部落格對我說話。

我當時在哪裡？大概還在憂鬱狀態不想甩任何人像個蠶繭窩在分租的房間裡吧。

他說什麼都得記下……還提到我幼稚園用的磁鐵畫板，畫板寫著我要回家的日期，還有提醒小鳥阿姨做好我愛吃的菜。想到這裡，喉頭自動湧起一陣酸液。好幾次，我說要回家，臨到時間又打電話取消，總是說公司加班隨便搪塞。那兩道菜，父親有糖尿病奶奶有三高都吃不得，特別為我做的料理會不會還是餵養了阿姨日趨臃腫的腰臀呢？

文章結尾提到小時候的我，極愛爸爸送的放大鏡，經常假日一起去住家附近爬山，特別喜歡觀察山路兩旁的植物和昆蟲，雖然那座山長大後一看，不過是小土坡。

現在的我也記得這件事，父親卻在網路的某個時間流裡，對著你說。

不知怎麼，我有點嫉妒那個你，雖然那個你也是我。

■顯示無SIM卡

SIM卡大概和人的大腦一樣，也會故障和失靈。

最近手機顯示無SIM卡，我比較不慌張了。學生教我，可以還原原廠設定，或是把SIM卡從手機裡取出，用橡皮擦擦一擦再放回去，重開機看看。這種密醫偏方還挺有用的，好幾次，舊手機因此又復活了。

不知道忘了一些事時，可否用這招還原我的大腦設定。

有時腦筋比較清楚，我會試著記下些想法，寫久了，寫多了，好像在寫遺書。或者，有一天走在路上，忘了自己是誰的瞬間，突然昏倒被卡車輾壓，心肌梗塞路倒清晨無人的公園，就這樣離開這個世界。

唯有死亡，人才能完全空白吧。

死去，不知悲傷恐懼和痛苦，那或許正是最高境界的無。

有時候，我也會勸自己不要在乎，反正大腦是空的，記不住就算了。

我沒想到，自己會有體驗無的一天，真正的無，讓人打從心底害怕，因為那不是哲學或佛家所言那樣超凡入聖。孤獨一個人，站在蒼茫的蒙古大草原，周遭只有風吹過去臉頰刺痛，沒有人可以幫你找到自己，你也不知自己從何處來，該往哪裡去。

這樣形容很荒謬，我根本沒去過蒙古大草原，不過，雖然只是很短暫的幾秒鐘，卻在記憶又回來找我的瞬間，很想你媽。

以前她總是說，她說話我都沒在聽，人在家，腦子都不知神遊到哪了。你媽這輩子做得最果斷的一件事，就是在她最美好的三十歲離開我。如果我的腦子還有點用處，趁著還記得她娘家的路，我想去看看她。

……

這篇文章的結尾讓我很難過，父親好像真的病得不輕。而且停留在刪節號，不再標示訊號格數，看著六個點思考了很久，我已經想不起來外婆家那條路在哪裡？

我最早的記憶應該從幼稚園小班開始，更早的事情全部記不得。印象中媽媽曾有幾次拎著包包帶我去找外婆，後來才知道那是離家出走。小孩腦袋裝的都是零食玩具和屎，只記得沿路我一直哭夭要吃麥當勞和玩戰鬥陀螺，有吃有玩還不夠，搭上客運又想大便。媽媽眉頭皺得很緊，她的眼鼻嘴唇和平常不大一樣，五官全都說好了有點扭曲歪斜的樣子，從走出家門就是連續劇裡被惡婆婆搧了一巴掌那樣快要哭出來的表情。看到她完全不在乎我哭夭，只是靜靜地看著窗外，本來想大便的感覺瞬間消失，我想和連續劇裡的小孩那樣隨便安慰她幾句，又怕她眼淚或許會嘩啦啦流滿了她的灰色洋裝。

等下，好像有點頭緒了，父親在這篇文最後留下一個線索，他說如果還記得外婆家的路，想去看看媽媽……

可是，他卻不記得母親早就去世了，在我念小六的時候。

自動關機

有意遺忘和無意遺忘真是兩座山頭，我偶爾還在有意的這邊徘徊，因為還有禮義廉恥吧。

人老了，什麼都不會，肯定會被人看輕，所以立刻知恥行動，要學生教我弄部落格，但他一下皺眉一下拿出自己手機滑來滑去，不是很有耐性，他不過比我年輕五歲啊。

我最近也申請了臉書，但還不太會用，目前臉書朋友只有幾個學生，他們竟然偷拍上課的我，發文寫著：不打混認真的老師快絕種了。我問學生，在臉書放照片寫幾句話究竟是代表什麼意思？他像看稀有動物那樣瞅我一眼說，不需要什麼意思啊，吃到好吃的東西看到有趣的人事物都可以分享啦。

吃到好吃的東西不就快快吃完，哪來得及拍照，有趣的人事物是自己覺得有趣吧？怎麼好意思暴露淺薄的審美觀，反正這叫做臉書的社群網站實在不習慣。我還是繼續寫部落格，臉書什麼的就算了，我的生活不是上課就是下課，不值得和別人分享。

最近忘記事情的頻率越來越高，上課時經常一句話到嘴邊，便忘了我究竟在說什麼。或許，說什麼也不重要，學生聽到鐘聲前早已收好東西，不想下課的只有垂垂老矣以為自己尚能飯否的老師。

過了一陣子，我終於知道，有意遺忘和無意遺忘還是存在巨大差異。

無意識的遺忘，窮盡時間也難以挽回。

無，佛教所言本來無一物，何必惹塵埃，哲學又說，無的另一面是有。

無，或許可以這麼解釋，在無之前曾經存在的，一點一點消失，最後抵達終點，才會看見無。

最後。最後。最後會在何時何處？我也不知道。

所以，現在看見無，好像挺幸運的，我的手機偶爾會自動關機，那也是無，重新開機後，像是什麼都沒發生過一樣，我又重新接收到訊號了。

這樣一想，還夠用的記憶是讓我眷戀這個世界唯一痕跡，目前看不見無的存在，倒是一件好事了。

這篇文章的結尾居然滿格，代表父親早先自動關機又重新開機的狀態嗎？

題目還算是有點懂，但是內容，幹，探討佛法……這種高深莫測的路數，我跟大熊說他很難溝通就是這樣，只要開始說教，我的腦子我整個人也會自動關機啊。

■重新開機

今天精神挺好，腦子難得沒有空白的感覺，訊號是滿格。

有件事必須好好地跟你分享，畢竟，我不知道以後還能不能將這件事寫清楚。

有一天，阿雀阿姨買菜來了，我放心將阿嬤交給她照顧，拿著背包出門去。還是騎著你高中畢業就不再騎的單車，放心，該修的該換的都整理過，除了鍊條運轉時有點聲音還算好騎，不想丟掉這輛車是因為舊車隨便放也不會有人偷。我好像是那種失去記憶也不會失去本性的臭老頭吧。

沿著鄉間小路騎到盡頭，左彎出去的大路有小書店、自助餐和樂器行，再騎兩個街口，轉個彎，便經過了我上班的地方，你上課的中學。

前一秒我還清晰地想著，等下經過校門要給警衛老謝一盒茶包，學生送的還有三個月就會過期，雖然有點不好意思送出手，但是不喝掉最後還是會過期，最後還不是白白浪費得丟到廚餘桶，都怪我囤積太多東西在櫃子裡了。

下一秒，車子騎到門口，發現那座雪白大門忽然看起來很陌生，路上有車呼嘯而過，人行道沒有行人。

我不知道這是哪裡？為何要站在這裡？握著單車手把的我站在門口，不知道是不是走錯地方，也不知道自己來這裡做什麼？

心跳無端開始加快，腦海一片空白。

空。空。空。完全沒有任何想法。

如果硬要形容，很像你上次說電腦壞掉螢幕會一片藍。

我想開口說話喉嚨卻緊得像被人勒住脖子，空氣簡直不夠呼吸，心跳繼續飆速，如果我不蹲下來雙手交叉緊緊抱住自己，心臟就要從胸口衝出來了——

腳踏車還斜靠在身上，大概我蹲下的姿勢有點怪異，忽然感覺有個陰影籠罩著我，抬頭一看，是老謝，他走近我，拍拍我的肩膀，叫了聲，王老師——怎麼了？身體不舒服嗎？

無法形容當下的感受，彷彿從外太空瞬間啟動飛行器衝回了地球，原本消失的記憶，屬於警衛屬於學校的，啪地又回到我的大腦。

老謝的國字臉忽然橫在面前，就像你以前教我的Google Map導航，走回熟悉的路，心中湧起一陣暖意原來是這種滋味。我猛地站起身，照例不輕也不重地朝老謝點了個頭，說聲沒事，繼續推著腳踏車往前走。

本來不太喜歡校門警衛老謝，並不是為人師便感到高人一等，而是他老是仗著自己是三朝老臣，動不動炫耀他歷經兩任校長還有校園暴力事件的英雄事蹟。最近總是這樣，很久以前的芝麻綠豆事記得很清楚，眼前剛發生的事轉身就忘。

他今天關心我的樣子，讓我檢討起自己是不是過去對他太有成見。或許，我們只是話不投機吧。就像這座校門，存在超過一甲子，以往總倉卒地穿過大門，始終不曾好好看過這上著白漆的門，門上設計的長串鏤空梅花樣式也不曾發現，潔白的校門此刻像是張開雙手擁抱著我，那一刻，眼睛很熱，不過我立即別過臉，不想讓老謝看見我的狼狽。

走進校門後，回頭望見老謝又走回側邊的亭子打瞌睡。唉，希望這是一個夢。

我也希望這是個夢。

短時間在電腦上看這麼多文字已是極限，我太習慣打遊戲的動態聲光畫面，就好像食肉性轉為草食性實在消化不良。那些文字像是遊戲中敵方特有的連續攻擊技能，每個白色方塊在大腦堆疊嚴密，頓時我也感到呼吸窘迫，喘不過氣來。

我決定暫時離開書桌，走到窗口，院子棚架下的使君子緩慢搖曳著下垂的小鈴鐺，微風吹拂著花樹和這個小院子，同時我也接收到一陣涼意。整個早上忙著報案找線索，讓我補血復活的居然是眼前真實發生的小事，譬如這陣風。不知道這樣的改變是從我回家照顧奶奶開始，還是從父親失蹤後開始……

我下意識滑開手機看看是否有訊息，什麼都沒有，只有時間的數字沉默地待在那裡。站在窗口盯著手機發呆，棚架上的使君子花晃呀晃，大好陽光，我雖不是有為青年，也是三十五歲日正當中的年紀，我的人生難道就在照顧奶奶、找尋離家出走的父親一分一秒的蒸發了。

瞬間一股恨意襲來，很想不顧一切離開這裡——

唉，為了自己現在流沙不斷下沉的人生做結論時，使勁抬高眼皮振作一下，卻看到手機右上角階梯狀滿格的圖示，忽然想到剛才那篇文章也是以滿格訊號作為結尾。

關鍵線索出現兩次，這是暗示，玩遊戲時也都是這樣的脈絡啊。

彷彿遊戲裡撿到敵方掉落寶物的爽感，我立刻重返書桌，坐在筆電前，仔細回溯前幾篇文章，我發現只要出現滿格圖示，似乎表示當天他的思路異常清晰，甚至能夠完整記錄事件經過。

■自動關機

同樣的事，一個多月後，居然又發生了。

這次，警衛老謝從我午後的瞌睡甦醒，他笑著對我點點頭。

這次，恍惚的時間好像延長了。

自從上回不認識校門的事件發生，我開始用手機的年曆記錄記憶消失的時間，也不是刻意要記下幾分幾秒，但差不多都是要來上課發生，很容易推敲。

當時我不知道他點頭是什麼意思，他認識我嗎？我若是不跟他點頭會不會很失禮？失禮，太失禮，絕對不行。我決定也點點頭，並且露出上方六顆牙齒的笑容，心理學家說那是代表親切隨和的黃金比例。雖然並不清楚這個資訊為何在此時跳出來左右我。

我看看自己，身旁有一輛單車，身上有背包，天空很藍，但是，我不認識這個大門。我決定先走進大門，發現右邊有個小涼亭，亭子後邊停著一排腳踏車，我想應該將車子停到那裡。

在涼亭坐定後，心情不再像剛剛那樣不確定，但是，接下來該做什麼？

肩上沉甸甸地，對了，打開背包，原來裝了很重的東西，拉開拉鍊一看，是十幾本墨綠色筆記本。看到這些物品，像是你教過我Google Map設定好地址就會亮起一個小人前進著，我立刻意識到從家裡出發經過的路線。

坐在學校涼亭裡的我，短短幾分鐘，大腦像是抽去了空氣的真空包，毫無內容的腦，頂在我這個人肩膀，我還能稱得上是一個人嗎？

我想起自己是來學校附設的社區大學講課，每週三下午有兩個小時，固定為一群銀髮族上寫作課。退休後這五年來從不間斷，從家裡每週抵達此地，而我遺忘了這個地方。

停好車走到涼亭，打開背包拿出學生的筆記本，這些過程不到一分鐘吧。所以，後來回家再比對寫在電腦裡上次遺失記憶的經過，我可以確定第二次比第一次發生的時間要長。而且第二次連警衛老謝的臉都不認得了。

究竟發生什麼事？

我上班二十五年的地方你上課三年的中學，像被誰用立可白整個塗銷，用你嫻熟的電腦指令來說，這裡整個被Delete，然後，不到一分鐘又被誰按下復原鍵。

這樣的事果然不會只發生一次，也不會是最後一次。

想到這裡，真切了解什麼是生不如死。還有，記下這些，不是要跟你說教，拿消失的記憶來說教，這才是真正讓我感到哀傷。

一無所有，這個成語不就揭露了曾經擁抱過所有，當我擁有無的時候，也不會太難過，竟然又有些意外的輕鬆。

你知道失去某些記憶的感覺像什麼嗎？

不像一個人的樣子。

看起來只有人形，可是，眼神渙散，頭腦空白。

記憶是讓人用來思考過去現在未來的重要燃料，我突然停止思考的時間，怎麼能稱得上一個人的樣子啊。

短暫放風後，再次回到部落格頁面，這篇又是詳細記錄失憶的文章。

尤其是父親寫到，不像一個人的樣子，這句話讓我無端從胸口湧現一股灼熱感。

我什麼都記得，你現在搞不好都忘了自己為何離家出走，我要照顧奶奶還要到處找你，我才是不像一個人的樣子。

唉，我怎麼也開始用你假裝和父親說話……深吸一口氣，稍微整理思緒，我得冷靜。

回想這幾個月，父親在家批改作業整理囤積物品，去社區大學講課，偶爾去超市買些牛奶麵包，一切都很正常啊。要說有哪裡不正常，那就是他和我說話的頻率變多了，相同問題會問很多次，我也不以為意，想說人老了總是嘮叨，而且男性也是有更年期不是嗎？

但他只要在客廳茶几改作業，一半時間卻在發呆，這讓我非常不習慣。雖然我念私立高中住校大學四年也不住在家，印象中的他非常嚴謹事事追求效率，他一直盯著作業卻不動手批改是為什麼？

我曾有意無意從他身後晃過去，發現作業本總是停在空白那頁，直到我加熱好阿雀阿姨預先準備好的飯菜，叫喚他，父親才悠然回過神，慢慢地走到飯廳，像是長途跋涉去到某個遙遠的地方剛剛回家並鬆了口氣的表情望著我說，啊，要吃午餐了。

「是吃晚餐。」「吃晚餐？」

這時父親倏然換上疲累的神情，重複我的話，吃晚餐。

想到這件事，或許，早在那個時候，父親四處神遊，如同打遊戲卡關，他不知該如何回血才有攻擊力，始終被困在同一關卡無法前進也無法後退，我卻不曾接收到他的求救訊號？

回家照顧奶奶時，她便已經不認得我了。父親日日看著奶奶的記憶壞毀，他的內心是不是和我現在一樣痛苦？我怎麼也無法思考父親在文章中丟出的有啊無啊的哲學問題，還是釐清我能讀懂的線索吧。

奶奶失智的過程，皆是父親轉述，電話裡描述失憶細節，總是沒有太多情緒和表情，就像他在教室講解課文，我是害怕被點名問問題的學生，嗯嗯啊啊隨便應和。

父親以為這樣的過程將要反覆循環，他最終選擇離家出走，是這樣嗎？

■此處收不到訊號

手機真的壞了，越來越常顯示「此處收不到訊號」。

學生說，對，就是之前教我寫部落格的學生，他說這都是商人的伎倆，每支手機讓消費者用個一兩年就要換新，差不多綁約年限就是手機的使用期限。

我其實也到了使用期限。越來越記不住事情，不只是便利貼和冰箱上的磁鐵便條，還用手機錄音來提醒自己，全部沒用，我根本忘記去看去聽。

有時候我也忘記自己忘記事情，居然不會感到羞恥和難過，因為全部忘記了。我是說，連這些為難自己的情緒都不會有了。

此處已經收不到訊號，我，這個人還活著究竟是為了什麼呢？

不要緊張，我甚至早上思考活著要做什麼，中午就忘了繼續思考，我還是活著，活著不是為了思考活著要做什麼，而是因為能夠做什麼而活著吧。

不知道什麼時候你會看到這些，應該好好跟你道別，到了最後，還是不能好好和你說說話，但是，你也知道，我們的溝通總是存在很大的問題。那個問題是什麼甚至也說不清楚了。

不過，網站這些文章每個字都是想對你說的，我真心寫下的。

今天思緒意外清晰，持續了很久，這是部落格最後一篇文章，以後不會再寫。

最後，我總算想到目前還活著該去做什麼。

我準備去找你母親，不知道為什麼覺得自己應該去找她，感覺她一直在等我，我得馬上出發了。

我重新整理了網頁很多次，確定這真的是父親最後的發文。

他竟然，想立刻去尋找母親，但是，母親，早在我小學畢業旅行時離開這個世界了。

我感到無比哀傷，父親竟遺忘母親已經去世，表示記憶流失的速度比他預計有所變化的時間還要更快，而且，快到渾然不覺他已經遺忘了自己。

他提到要去尋找妻子，我不相信是他真心所望，他們並不存在多麼堅貞不渝的愛情。印象中，母親總是每天挑事和父親爭吵，或許是忽然想到什麼細節，促使他離家尋找母親。

父親說忘記很多事情，甚至連自己忘記事情都忘記了，我並不懷疑他的說法。

我想，他不能容許自己是個婚姻失敗者，同時又是個無能的老子和兒子。先是老婆吞安眠藥自殺，人生上半場稀哩呼嚕，下半場老母失智，兒子又失業同時憂鬱症，自己居然又遺傳了失智基因……

將這些原因逐一條列出來，好像明白看似荒謬的這一切，我以為父親是遺忘母親早已離世而離家出走，會不會，他根本是藉由離家來逃避未來可能發生的事。

如果這些事情發生在我身上，我恐怕也會想要逃吧。

不，我肯定想要立刻逃走，現在就丟下一切，逃得越遠越好。

但是，我想到對這一切毫無所悉的奶奶，只能打消這個念頭。

父親的部落格，停在已發表的五篇文章之後，便是一片空白。

五

父親離家已是第二天。

當我按照警察建議逐一去電親友，無一人曾和父親有過聯繫，得到的答覆都是脾氣很古怪，他本來就不喜歡和別人有所接觸，大家也不忘安慰我，甚至樂觀地跟我說，不用想太多，可能是心情不好出門散心，不久就會回家。

他們敘述的是難相處的父親，我卻有照鏡子的感觸，我們竟然同處相彷情境，沒有社交生活，沒有知心朋友。仔細一想，回家照顧奶奶這半年，除了小鳥阿姨來打掃清潔、按電鈴的郵差、送投票通知單的里長，幾乎沒有任何陌生人踏進這個家。

今天的我已沒有昨日那般激動，可能是不用再勉強自己出門，安坐在家很像被層層發泡紙包裹著，真確地盯著他人表情回話，真的讓人心累。一切差不多、隨便、朦朧模糊也可以，我就是懶，什麼都不想做，也沒有什麼必須去做……

半年前的我雖然失業，過著廢到極點的生活，即使懶散卻感到詩意。現在的我，無可逃避，什麼都等著我去做，做完以後隔天奶奶又繼續搞事，每天都是重複前一天的節奏。

將照顧奶奶的責任放在我肩上，吃定我無法推卸，他便安心地不告而別，真不敢相信那個人是我的父親。

我第一個念頭是問問大熊目前該怎麼辦？念頭短暫浮現隨即放棄，跟他說明此事只是浪費所剩無幾的能量。某些程度他比我還要沉浸在舒適圈，最終他只會嘴砲自己的老爸自己找，不可能幫上什麼忙，甚至他可能會說出抓寶可夢時可以順便幫我抓到父親的屁話。也考慮過告訴小薇，聽聽建議也好，又怕她覺得我平日不關心家人，才會連父親為何失蹤都搞不清楚，我們交往時間不長，也不夠了解對方，還是盡量不要為難她吧。

兩個可以稀釋煩惱的好友都刪除後，心裡微妙的搔癢著，沒有絲毫失落的情緒，還能為他人著想，我忽然發覺自己是個有同理心的人了。

我短暫的三十五歲人生，從未有過這種感覺，凡事只想到自己，偶爾把自己的順位擺到朋友後面也不錯。明明很久沒和大熊打遊戲，也不減損組隊狙殺別人的默契，假使他知道我為了不造成上班族的心理負擔，自行消化尋找父親的痛苦，肯定很感動。

胡想瞎想仍舊改變不了現況，一早坐回父親書桌前的我，下意識又打開筆電，點開連結，像個笨蛋望著部落格，我在期待什麼？

按下網頁重新整理的渦漩數次，迅速旋轉完畢，部落格文章更新仍舊停在最後一篇。潛意識希望他能再發篇新文章嗎？我想再細細讀他，卻怎麼也沒有新的文。

放棄不可能實現的想法後，再次環視書房，究竟還有什麼是我沒看見的呢？難不成每本書都得翻出來一頁頁搜索？

失落之餘，垂下眼簾掃視，筆電、檯燈、筆筒、蓋杯、翻頁式桌曆，沒什麼新鮮玩意兒，也沒什麼不該出現在桌上的東西。

咦？這本紅色封面的桌曆，年分是去年……略微翻過後，說是行事曆也不完全是，不如說是一本失智日記，密密麻麻記錄奶奶發病後就診狀況，還黏貼著各式處方箋。

一頁頁翻過去，這些過去發生的事，無可挽回，我也不知道自己還想找到什麼？

再次翻回第一頁，發現行事曆扉頁是父親蒼勁的鋼筆字跡，寫著，「身體是靈魂的監獄，靈魂才是真正的自我。」最後還注明這是哲學家柏拉圖所說。

盯著這兩句話許久，彷彿從謎題拆解出謎底，越看心裡越發難過。

父親在照顧中風後失智的奶奶一整年，發覺自己罹患相似的病狀……他擔心自己持續喪失記憶，會失去教師工作嗎？

他非常熱愛教學，關心學生多過關心兒子，即使退休想要擁有講臺的欲望仍非常強烈。他囤積舊報紙剪貼簿，還分門別類標籤不同領域的文章，偶爾心情好還會微笑跟我說，這些都是上課教材，沒有網路搜尋資料的年代，只能這樣土法煉鋼做資料庫。

回想父親對教育工作的熱忱，視線再度回到柏拉圖，忽然浮現不詳預感，反覆思考「身體是靈魂的監獄，靈魂才是真正的自我」，依照父親對自己要求完美的個性，恐怕不能容忍一生奉獻給教學，最終卻是失敗者，還能教導學生什麼，失去記憶對他而言，身體不就像鎖住靈魂的監獄一樣嗎？

儘管我沒有文學天分，越發覺得這番推理有點道理，所以父親趁著還清醒的時候將發病過程寫下來，或許正是恐懼記憶混亂時，恐怕連靈魂都不聽話了吧。

不知道父親是不是抵達他想去的地方？

窗外已一片漆黑，現在究竟是幾點，沒有父親的家連時間感也模糊不明了。不知道他是否依然還在這個世界？

偶爾清醒，偶爾不清醒……都行，腦海浮現了可怕的畫面，想起母親的忽然消失，我感到極端恐懼，為不知身處何方的父親擔憂起來。

父親才屆花甲，他甚至還熱愛工作，比起奶奶的老邁年歲無多，他怎能放棄自己，放棄這個家？

我不願將一切推演至最糟狀況，雖然人生最終難免一死，這樣的死和那樣的死還是有所差異，就好像跑步時再怎麼小心還是有可能跌倒擦傷手腳，但是前提是跑步的目標是為了強健體魄的自我鍛鍊，心裡早就有準備可能會因此受傷。人吃五穀雜糧誰無病痛，我大學雖然讀的是食品營養，也修過哲學概論，老師第一堂課便說，人生本就是向死的存在，也就是出生就注定走向死亡的道路，以前不太能體會這個境界，覺得死，是老人的事。

死亡如果是高壽無疆自然衰老而亡，這樣的死連家人都會做好漫長的心理準備，譬如奶奶如果這時掛掉我可能比較不訝異。倘若為了懼怕人生漫長的身心折磨，提早以任何決絕的方式迎接死亡，那樣的死我不認為死者已做好準備，不過是死者的任性而為。

早在半年之前失業又被憂鬱症折騰，極端無助痛苦，我和社會格外不相容，超級想死，總是一遍又一遍和諮商師傾訴，我對自殺和自然死亡的看法。

每每提到結束小學生活最後的暑假，那個無可挽回的夏天，我到南部畢業旅行，同時搜救人員卻在北海岸礁岩間發現母親腫脹的屍體，她沒有留下任何話語就結束生命的方式，讓我難以相信這個世界究竟還有什麼美好的事。

諮商師問，你母親之前都沒有顯示輕生的跡象嗎？

我不斷搖頭，小學生的腦子除了玩還是玩，我從未想過母親也有憂愁和煩惱。無人知道她為何要選擇這種方式離開，父親甚至不知道妻子有沒有要好的手帕交，親友沒有誰能提供任何稱得上跡象的細節，好像隨便一件事一句話跟自己有關，就會被扣上害死母親的罪名。有好幾年，我們家的氣氛特別低迷，始終籠罩著滯悶不流動的空氣。

父親此時也選擇不告而別，長年困惑我重重疊疊的蛛網，再度緊緊纏繞，我始終是那張網上動彈不得微小的生物，我感受到全身逐漸溶解成液體又蒸發殆盡，我也想要這樣消失在這個世界啊……

「當你鉅細靡遺形容自己如何慢慢死去，慢慢消失在空氣之中，某些程度，已經穿過死亡，蛻變成更堅強的人了。」我如此形容想死的念頭，諮商師居然微笑著說。

他建議以後有想死的念頭襲來，不妨繪畫或書寫來轉化負面思考，後來，還來不及畫也來不及寫，我好像慢慢一點一點好起來了，尤其在回到家照顧奶奶之後。

但是，我們家是被詛咒嗎？為什麼我仍舊和死神靠得這麼近？

返家居住後，我已鮮少去想要不要去死的問題，因為照顧奶奶讓我重新感到一個人不是全然無用，仍然需要感受被需要，那才是真切地活著。

可是，父親莫名離家，我又陷入一灘爛泥的狀態，什麼都不想做，也不想去做什麼了。

§

半年之前，放棄一切的那個我，再次悄悄地來到身邊。

早上的陽光透過窗紗照在臉上，我不想離開床，任由光，一吋吋移動，直到陰影覆蓋整張臉，身體重得像被灌了水泥，奶奶在客廳拖著椅子喀啦喀啦不知有多久了？

昨晚睡得很差，幾乎夜不成眠，此刻，小貓一下在我腳邊蹦跳亂咬，一下竄上枕邊嗚嗚喵叫，還啃著頭髮。如果我是小貓該有多好，這輩子是來不及了，下輩子請讓我變成小貓，有好人家包養，無憂無慮地吃睡玩。直到……客廳傳來驚天動地砰地一聲……奶奶隨後跟著啊啊啊尖叫起來——

我不得不敲碎包裹於全身沉甸甸的水泥，重新從化石注入骨骼和血肉，成為一個人，振作精神爬出房間。這個過程其實很像養成遊戲裡的人物設定，每一次都是新的開始。

一到客廳，不意外又是個滿布障礙物的戰場，視線所及，翻倒的垃圾桶和垃圾、倒在地上的水和馬克杯，還好杯子沒有碎裂，那頭！液晶電視居然整個摔在地上——不知道奶奶哪來這麼大的氣力，自己也嚇壞了縮在沙發角落像在瑟瑟發抖。

我不想責備她，她不過是在玩，只是玩得過火一點，小時候我經常和同學玩躲避球打破教室玻璃也沒少讓她生氣。

「妳又不乖……有沒有受傷，我看看。」我盡量保持語氣平靜，否則她反應會更激烈。

仔細檢查奶奶的手腳看起來都沒事，但她的神情顯得非常慌張，鼻涕眼淚都糊在臉上，最後，我扶起電視像扶起奶奶那樣小心，檢查整面螢幕沒有裂痕，我剛回家那個月已經推倒過一次，那次就沒這般幸運，彷彿被雷擊中從上方延伸出垂直閃電，螢幕買八千修要一萬，父親沉默兩秒，決定換新。

「爸——爸爸啊，我不是故意的，不要打我啊。」她現在倒是又哭得像小女孩了。

我又從阿宏變成爸爸了。

我沒當過爸爸，但是我終於懂得當爸爸有多麼不容易，孩子不乖不聽話，尤其叛逆期沒完沒了無比漫長時，不論他說什麼，我總是直接唱反調。他好像知道我不是故意如此，年輕的父親總是安靜地離開現場，但他的沉默或許需要更多方式來排解，通常他會回書房去寫書法。

我和父親，相處這三十幾年，卻存在很多空白。

因為所以這樣……即使他生病了，也不告訴我嗎？

噹—噹—噹—噹—噹……

思緒仍被父親離家的後座力攻擊，牆壁的掛鐘兀自響起來，這幾天總是如此，如果沒有這座鐘，我會忘記奶奶該吃飯該吃藥該去庭院走走，我甚至不記得這兩天自己有沒有按時吃飯吃藥做核心運動。整個生活像打散的拼圖，上片找不到銜接的下片。

重新將電視擺好插上電源線，打開奶奶喜歡的電影臺，再到冰箱拿出蝦仁蔬菜粥，隔水加熱解凍，小鳥阿姨之前做了許多調理包方便讓我們自行加熱，此刻真是幫了大忙。生活充滿瑣碎重複的事，雖然父親也申請長照服務，協助洗澡理髮修剪指甲，兩個男人畢竟很多細微之處無法妥善顧及，由專業的女性居服員來打理真是及時雨，即使奶奶根本不在乎是誰在照顧她，她只管自己的錢或首飾是否被偷。

我家奶奶凡是女性，不論年紀不分美醜，都是她的敵人。

有時只是在一旁觀看，我已經極端不耐煩，同樣的話要說十幾遍，同樣的預備動作也要做十幾遍，居服阿姨總是非常溫柔地對待奶奶，彷彿那也是她的奶奶那樣。

奶奶要自己脫還是幫妳脫。不要脫我衣服，不要不要……

奶奶要自己洗還是幫你洗。不要洗澡不要不要……

以上重複十幾遍，水已涼，人已累，我已煩。

居服阿姨的臉除了濺上水珠，看起來和兩個小時前差不多，她總是跟我說，雖然幫奶奶擦洗很快，但是要讓她學著自己洗喔，洗澡是本來就會做的事，讓她多多自己動手才不會忘記。

「有次帶你奶奶去美容院剪頭髮，人家店長都要報警處理了。她剪完頭髮美髮師順便幫她上捲子吹得很漂亮，奶奶卻指著鏡子裡的人大罵『你是誰——我不認識你？你誰啊——快滾——滾——』，還把人家店裡推車上的吹風機梳子全掃到地上。我也是很想讓她自己洗頭就好，可是她根本不會了，總是將洗髮精沐浴乳那些擠到地板上，本來要幫她洗澡的阿雀阿姨好幾次都差點滑倒了。」

居服阿姨的建議，讓我的回憶自動播放，父親那天說起奶奶大鬧美容院，所以之後就申請了居服員到家幫忙奶奶洗澡，他實在無法再一次冒險。

這個病將存在身體的本能，逐一攻擊，然後消失，很像我在打遊戲的戰力數值是如何被規律的遞減，我看到奶奶是個一千血的戰士，碰到吃飯戰勝會有一百血，戰士連吃飯都不會，每秒的傷害是二十，又遇到洗澡戰勝會有兩百血，奶奶戰士還是不會，每秒傷害是五十。整條曲線沿著時間移動，最終奶奶戰士還是輸給吃飯洗澡上廁所這些簡單的事。

我想起自己已經很久沒玩遊戲了，但血液裡還是有遊戲的癮，不過也不能忽略居服阿姨的叮嚀，本來想直接餵奶奶吃粥的我不由放下湯匙，連同飯碗遞給奶奶，耐住性子哄她吃早餐。

「奶奶，妳自己吃吧。吃完，帶妳出去玩。」

「好耶——出去玩，我要出去玩……」奶奶像童年的我，只要聽到出去玩，身上某個隱藏開關便會啟動，開始不停重複「出去玩」。

喝一口麥片，出去玩，吞一匙蔬菜粥，出去玩，吃三顆飯後藥丸，出去玩……

平常吃飯總是拖拖拉拉，說要出去玩，奶奶居然快速吃完了早餐，我只得兩三口扒完粥，跟在她後頭進了房間。她甚至從衣櫃裡拉出她最愛的碎花洋裝，又從床底撈出她那頂有花邊草帽，本來我以為帽子掉在散步的小路上，終於重見天日。

好不容易人模人樣站在玄關預備穿鞋，終於，我要挑戰獨自帶著奶奶去醫院回診。

我能做得好嗎？

我必須得做好，因為沒有誰能幫助我了。

父親離家後，這是我首先要面對非常棘手的事。昨天我預先在腦中演練，如何用最簡單的方式帶奶奶去醫院，如何講最少的話跟醫生說明父親失蹤了。

首先用手機下載UBER，半年前的我無法想像自己會用這個APP，如果可以選擇，我盡量不想面對陌生人。點選好出發地點和抵達目的地，五分鐘後，司機已到家門口，剛好我能有足夠時間用拙劣的方式幫奶奶洋裝散落的繫帶打好蝴蝶結，也戴好她有花邊和蕾絲的草帽。

一輛銀色的TOYOTA停在門口，坐上車子瞬間像是搭朋友便車出去玩的味道，雖然我不可能坐朋友的車，但應該是這種感覺錯不了。總之，不是職業的計程車給人的窒息感。

以前加班也和同事搭過幾次計程車，工作和業餘還是不一樣。具體差異是什麼……啊，大概是自由空間和職業空間的差異，個人工作室流露著不羈的氣味，職業司機總有種握著方向盤就是老大的江湖味。

從後腦杓和肩膀目測這位司機比我略大幾歲，至少是尚未超過四十歲的男人，他非常沉默而專注地盯著前方，不疾不徐朝著醫院路線前進。昨晚搜尋過幾篇網路文，針對不發一語的UBER司機有讚賞也有批評，我絕對投「不要和乘客聊天」一票，因為我不喜歡和陌生人聊天，除非有特殊的交通狀況，在這麼短的車程聊天，不知道究竟要說什麼才不失禮，我也不想聽到陌生人對我說出任何敷衍的話，那樣的內容毫無真心可言。

我大概就是一直以來活在真空狀態的人，面對簡單的社交毫無能力。

大學畢業找工作，幸運地進入生機產品公司的實驗室，各種菌類和實驗器材日日圍繞著我，在電腦記錄各種數據，緊盯顯微鏡下的菌類變化，除非必要，不太需要與同事深談。我以為這是最美好的工作，在這幹到退休也沒問題。沒想到這麼大的公司也會倒閉，那些公司轉投資的金融風暴強力吹拂每個員工的心，先是部門逐漸縮編，隨後許多同事都陸續被資遣了。輪到實驗室時，連我在內五個研究員，大家好像不是太驚訝，甚至覺得資遣費算是優渥，再找下個工作也不難。對我而言，卻是職涯終點了。

我盯著UBER司機的後腦杓，頭髮修整得很短，他沒有同事，也不必勉強自己非得和乘客說話，所有工作需求都能在手機呈現。我羨慕卻無法勝任，對不喜歡出門的社恐而言，不斷讓陌生人上車與自己同處一個空間，可能要動用我十年的社交能量。

車子在醫院門口安穩停妥，關上車門時，我聽到嘴唇吐出謝謝，我訝異自己居然懂得感謝他人的服務。司機輕輕點點頭，保持他一路沉默到底的風格，搭UBER實在比我預想便利，彷彿搭檔流暢的組合打到相見恨晚的線上遊戲，下次我還會繼續登入。

「要牽好手喔，小任，要牽好喔。」

奶奶看到醫院大廳開開闔闔的自動門，忽然就轉換成乖寶寶的模樣，她似乎回復到偶然清醒的狀態，雖然是比較年輕時期的奶奶。

我有點感動，自己又回到小任的位置了。之前聽父親描述奶奶看醫生總是特別聽話，原來真是如此。

雖然上次看診早已經預掛號碼，我們仍然從十點等到一點才看到醫生，期間我讓奶奶吃了蘇打餅乾和果汁，還請志工帶她上了三次洗手間。一跳到號碼馬上進診間，已過了午餐時間，醫生看起來卻和早晨的露珠那般，笑容清新地問奶奶說，最近有乖乖嗎？好像我奶奶是他奶奶那樣孝順的口吻。

看了上次電腦掃描的片子，他的表情看起來很平靜，說出的話卻很驚人，他說奶奶的大腦皮質顯示比三個月前還要退化許多，失憶頻率也持續增加，或許不到半年，有可能完全不認得家人。

「不能太樂觀看待失智症，這是個一路走下坡、不會有好消息的疾病，每天還是要陪伴奶奶做些簡單的運動或是刺激她的記憶。」醫生盯著慌張的我給了方向。

以往都是父親陪同奶奶每個月回診一次，不久之前，父親希望我也能陪同前往，一開始我並未有所聯想，心想可能是奶奶越來越難以控制，多個人總是多個幫手。但是，左思右想，實在打從心底厭惡擠滿病人排排坐的候診間。

或許，我內心真正厭惡的是，到了醫院，總是感到另一個癱軟無力的我會將現在好不容易振作的我吞沒吧。

最後，我隨便找個理由應付父親，像是奶奶昨晚又很鬧的不睡覺在客廳拖椅子玩，我顧她一夜，很累——你吃了安眠藥睡覺都不知道吧。昧著良心說完不打草稿的謊話，也做好被他劈頭痛罵的心理準備，沒想到，父親聽了，盯著我的臉靜靜注視一兩秒，簡單說了兩句，你補個眠，我帶奶奶去就好。

那陣子我有些摸不清父親的脾氣，現在回想他和奶奶真是越來越相像，一天之內就像颱風將至的氣象雲圖，晴時多雲偶陣雨，有時也雷電交加下冰雹。原來一切有跡可循，而我，是看不見所有訊號的那個白痴。因為我只關心自己。

這次陪同奶奶回診，早已打定主意得告訴醫生父親目前不知去向，他在部落格文章羅列的記憶遺失相關細節，是不是失智症呢？

醫生在手機上讀完兩三篇，抬起頭嘆了口氣說，「你父親做完檢查之後，沒來看診，原來是這樣……他的症狀是早發性阿茲海默，我想他大概也明白了。」

「所以，這是會遺傳的嗎？」我焦急地想知道答案。

「如果不是血管性中風引起的失智，六十歲以前發病的失智症大多是遺傳性的早發失智，但失智的原因也可能是大腦提早退化，並不是絕對的遺傳。」

侃侃而談的醫生莫名散發一股值得信賴的氣味，我同時接收到他提供病徵背後不同的可能性，並不將話說滿，即便是藥石罔效，也讓人保有一絲希望繼續活著。不知為什麼，連我這麼駑鈍的人都聽得懂不可能有標準答案，但有可能他也沒有把握說出父親的大腦檢驗出來的數據就是百分百正確吧。

「失蹤多久了？有報案嗎？」

「第二天。他失蹤的隔天就報案了。」

「剛剛開始的輕微失智，像你父親這樣的狀況，極有可能會忽然想起回家的路，或許，他很快就回家了。你要自己照顧奶奶，還要尋找父親，責任重大，辛苦了。」醫生推了一下眼鏡說。

蒙著口罩的他只露出雙眼，那眼神卻彷彿遞給我荒漠甘泉，從父親昨天下午失蹤到現在，每分每秒都在颳起沙塵暴的沙漠匍匐的我，走不動就連滾帶爬，好不容易走到這裡，喝到一口甘露，我又可以繼續往下走了。

理智回復正常的我，關於父親離家出走的源由繼續往下推理……

父親發現八旬老母晚年罹患失智症，他尚不知這疾病是否會遺傳，陪老母去醫院就診時，發現醫生詢問的細節，那張紙表列檢測的問題，都成了日常困擾他的問題，為什麼這些症狀也找上他？

他忍不住在心中跟著老母親一起作答。今天幾號？今天星期幾？你住在什麼地方？你家電話幾號？你幾歲了？從二十減三開始算，一直減三減下去……十個問題老母親都說不知道，他有兩三題要稍微想一下才能回覆。

問題愈是無趣，答案也愈是朦朧模糊，他愈是想不起來三分鐘前測試的三個名詞，玫瑰、鬧鐘、瀑布。

最後，求一個安心，他決定和老母親同時為大腦進行詳細精密的檢查。

電腦斷層、ＭＲＩ、數學、記憶等一連串測試後，老母親確診為失智症，父親則得到「早發性阿茲海默症」的檢查結果。雖然病徵發現得非常早，大腦皮質僅是開始微微變化，他還是不免預想此後的生活，誰也不知道記憶何時會掠奪所有的存在。

趁還記得這一切，他必須將有用的時間用在他認為正確的地方，只是我不知道那個地方究竟在哪裡？

「剛開始失智的病人，若是持續沒有就醫也未曾服藥減緩症狀，離家不久後，有可能病情突然加重，總之，要趕緊找到您的父親才好。」離開診間之前，醫生擔憂地望著我說。

想到離家時清醒的父親，走在路上無所依靠茫然的父親，我也知道要找到父親一切才可能有解，但有可能他早已遺忘為何要離家，會不會，他其實正在某個陌生的地方，卻早已遺忘自己是誰？

或許，他已經不再是父親的模樣，讓我鼻腔湧動著酸澀，頓時，又失去頭緒無所歸向。

§

昨天下午兩點父親敲敲我房門，說去上課，奶奶交給我了。

今日下午兩點，父親失蹤已滿二十四小時，他交給我的奶奶一切安好，我卻不知父親是否平安？

從醫院回到家，安頓好奶奶進房間小睡，距離晚餐還有些時間，我又去書房將部落格文章重看一遍。重複看有意義嗎？可能沒有，但這是父親最後留下的線索，我目前也只能倚賴發現遺漏的細節。

這次毋須推敲文字，很快瀏覽一遍，發現第一篇和第二篇的文章發表日期是半年前，差不多是父親打電話通知我奶奶生病需要支援的時候。也就是說，在我回到家照看奶奶的同時，他的記憶開始遺失。我竟渾然不覺父親正陷在流沙地獄裡。

這半年來，日日看著我仍舊與他針鋒相對，一定萬分失望吧。

「凡事只會跟我計較，凡事只想到自己，真是無法仰賴餘生的兒子。」

我不想繼續揣摩他的想法，卻不得不繼續揣摩，我想找到父親消失的答案，如果我是他，也會為這樣的處境感到痛苦。

如果他早些告訴我實情，結果會改變嗎？

父親會不會揣想提早得知真相的我，或許消失在這個家的速度會比他還快？揣摩到這裡，對尋人沒有絲毫幫助，而且將僅存的一點能量瞬間榨乾，我是不是該找大熊或小薇商量，但潛意識告訴我千萬不可。為了保有尊嚴，不能如以往那般依賴朋友，或許他們可能不在乎我還有尊嚴這東西，只有我在乎吧。

這麼一想，就更加不能期待別人幫我解決問題了。

記得父親常掛在嘴邊的俄國小說《安娜卡列・尼娜》的開頭：幸福的家庭都是相似

的，不幸的家庭各有各的不幸。以前他老說這兩句多經典，竟然有人讀不下去，每次都停留在第一章。

我無法體會既然各有不幸，為什麼我得讀完這麼厚重的小說去體會別人的不幸，何況我也不認為幸福的家庭是相似的，因為我連幸福的家庭是什麼都不清楚。

目前我只能依賴每週來協助兩天家務的小鳥阿姨，雖說有額外需求也能付費請她加班，譬如為奶奶剪髮或按摩，但是近來妄想加劇的奶奶，只要阿姨一觸碰她，總是咒罵不停還會朝人亂丟東西。不得已，只好再申請長照喘息服務，這是我從客廳矮櫃那個醫療資料夾翻找的資訊，有居服員來幫忙，多少可以減輕負擔。

當然時而瘋癲時而清醒的奶奶，斷然不是我能倚賴的對象，那麼，在這個家我能依賴的活體，只有小貓了。

撿來的小貓至今仍未曾幫他命名，命名是一件沉重的事，總覺得給了小貓名字，我就是他的神。

這就像我承繼了父親的姓氏，他翻查字典和排定五行，為我缺金少木找來兩個字，雖說這對中文系背景的他一點都不難。但是，神的能力不就是為事物命名，小時候我總這樣認為。尤其看他批改作文簿，紅筆圈圈點點叉叉，隨意打個分數，一本又一本，疊在書桌上的藍色作文簿，他說裡面是很多學生的心事、家裡的事，這些是秘密，不能隨便偷看，他不只一次這麼跟我說。

我們家的秘密，最讓我困惑的是母親忽然以非常決絕的方式離開這個世界，父親和奶奶都不許我問，念國中時，只要提起母親的事，他們都會藉故轉移話題。

國中生的我不再愛吃小熊軟糖，但是執拗的脾氣一點沒變，大人越是閃躲問題，我越是一日三餐照常問，奶奶有時指著父親沉默的背影，將食指放在嘴唇示意對著我下封口令。

有時乾脆氣急敗壞說，「你這孩子講不通欸？不要再問為什麼？誰知道為什麼？沒有人虧待她，她要走絕路也不想想家裡的人要怎麼活？」

她會挑父親不在家的時候大呼小叫，彷彿她也需要一個出口將壓抑在我們家的秘密叫喊出來——

大人真的很奇怪？明明痛苦的人是母親，才會毫無退路選擇輕生，奶奶卻要將這樣的痛苦放到自己身上，我真的越來越困惑了？

我的困惑，重重疊疊，又崩塌，再堆堆砌砌，又傾倒，最後我已經不想再問了。

漠視這個問題，是不是就會一家和樂？

所以，慢慢地，我也和父親一樣，沉默以對，這個問題最後在我們家消失了。

但是，誰都知道那是我也加入逃避的行列，父親和奶奶見我不再逼問，好像鬆了口氣。

「你會想你媽媽嗎？」

我不知道自己為何要這樣說。摸著小貓的下巴，牠喵嗚一聲感覺不到是否想媽媽。最近太忙有點忽略牠，經常匆匆清好貓砂換過水加滿飼料，連俯下身摸摸牠的頭都沒有時間，牠好像一點都不記恨，只要我從外頭回來打開門的剎那，牠總是端坐在玄關等待著我。

「該不會你已經忘記你有爸爸媽媽了？」我問牠是想期待什麼答案呢？

小貓舒服地瞇上眼睛，彎成下弦月細線的雙眼傳遞著在手指輕柔撫摸中，彷彿遺忘也不重要，似乎也在答覆我，牠只享受當下。

或許我太執著找尋父親離家的確切答案，但很多事情存在說不清的羈絆吧。

我曾以為父親是脆弱的媽寶長子，逃避照護責任逃避這個家，但有個我以往忽略的重點，乍看之下，我努力尋找著父親，可能，我在尋找的是那個逃避現實的自己。

§

奶奶不是奶奶的時候，其實挺可愛的。

奶奶偶爾是猴子，嘴裡經常發出不明意義的怪聲，她想喝水吃飯上廁所，全是吱吱吱，非人語的溝通。她吱吱吱表達，我也吱吱吱回應，我們看起來和樂無比。

沒有記憶來作梗，記憶是什麼，不再重要，眼下只要吱吱吱，我懂她，她懂我。

我忽然覺得照顧奶奶六個月以來，第一次感到輕鬆。只要自己放過自己就得到輕鬆。憂鬱的顏色日漸疏淡的我，偶爾也是樹懶，動作和思考零馬力也沒關係，反正不需要上班，這麼積極有效率是要給誰打考績，我總是呈現怠速，在房間和客廳緩慢移動。

記得剛回家那個月，父親拿了一本卡夫卡的小說擺在我房間書桌，我毫不在意的繼續躺在床上玩手遊，他說我的樣子很像小說人物。說到這，我視線才離開螢幕朝向他方，他的臉已逐漸靠近並一把將手機奪走，彷彿即將發動襲擊，一股灼熱的氣息縈繞在周遭，我飛快拉上被子往頭頂覆蓋的瞬間，剛好看見他突出的喉結上下滾動著。

「到底有沒有在聽……，你很像這本小說的主角，是一隻甲蟲。」他說。

身為國文老師的他隨便輕巧一句話，就是貶低他兒子，他很擅長。

總是認為我不思上進，除非考試要考，連文學經典都不看，這能怪誰？從小到大，還不是他弄壞了我閱讀的胃口。就拿國中考基測練習寫作來說，我不想用成語寫作文，也是他逼我一篇文章得用五個成語。

「又沒規定一定要，教育部長有說要五個嗎？」

「規定就是要，考古題都有題綱引導，沒在看嗎？」

「沒有。不想寫我就睡覺。」

我和父親不存在什麼美好的回憶，我總是被罵被否定，所以當時不管說什麼做什麼都刻意和他作對，看的想的寫的全部不如他的意，那讓我感到極其快樂。他老是順著奶奶的心、合她意任何事使命必達，卻老是讓妻子傷心。我，絕對，一定，不要聽他的話，我不想變成他這樣的人。

雖然後來的我沒有小時候叛逆了，也可能是擺脫他搬到學校宿舍頓時海闊天空，我還經常到校圖借小說來看。卡夫卡《變形記》是通識課現代文學導讀開的書單之一，很薄一本，必修這個份量算是剛好，但寫報告有些苦惱，主角的遭遇活脫脫是本人渴望的境界。

每天早上我都不想出門，上學或是上班都一樣，變成蟲，就再也不必去做身而為人需要完成的事。後來失業半年天天變成蟲，我猛然發覺以前誤讀了這本小說，變成蟲不過是做人太累太苦太艱難的藉口之一。

如果母親讀過這本小說，她能想像自己暫時變成甲蟲，可能就不會離開這個世界了。雖然我知道她終究受不了丈夫這麼媽寶，終究受不了長久違背心意活著，所以趁著我去畢業旅行，父親和奶奶開車去東部泡溫泉，她抵達北海岸，躺在喜歡的蔚藍大海礁岩上，吞下大量安眠藥自殺了。

父親忽然打來電話，我正在阿里山森林小火車懷抱，細數熱帶林、亞熱帶林、溫帶林三種樹木的窗景，其他同學非常興奮地叫喊，你們看——倒退了，火車在倒退，又前進了。

在吵嘈聲中，一向嚴肅的老師將電話遞給我，還拍拍我的肩跟我說不要忍耐但要堅強，想哭就哭出來沒關係。

我忘記自己有沒有哭，只記得當時居然想到無關緊要的細節，我和置身海濱的母親差不多同時離開那個家，我身處高山神木群，她抵達了海濱，我們同時感到不在那個家無比輕鬆啊。經過奮起湖火車又繼續往前進，跟著團體我暫且無法後退地抵達了十字路車站，亮晃晃的陽光穿透在絕美山景之中，呼吸著山林芬芳的空氣，如此清新而美好的這一天啊。

我終於意識到母親再也無法呼吸，我回家再也看不到母親了——我開始哭泣，非常哀傷地坐在車站候車椅上，默默流淚。有個女同學還將自己的手帕遞給我，我抹在手帕上的淚水混合著淡淡香皂的氣味，很舒服的味道。

從那天起，母親離世最後的記憶，我經常想起森林小火車，小學生的我某個部分好像隨著之字形的火車倒退著，無法往前進，或許是卡在我剛長出的鬍鬚、滾動的喉結、早晨固定的勃起……但最後，我的時間又毫無選擇地往前進了。

母親不會認得的我，永遠停在小學生的我眼裡年輕美麗的她，不會認得的我，曾在半年前變成甲蟲，她不會和小說裡的母親一樣看著在房間蠕動的兒子尖叫，她也不會嫌惡地朝著我丟蘋果。不知為什麼，我想母親會和我同樣也成為甲蟲，同樣討厭他人目光指點的我們，終於不需要誰的肯定或評價，也不需要再努力了。

我們在房間裡日夜依偎，彷彿剛開始臍帶相連的我和母親，房間有窗，陽光和月影公平地映照在我們堅硬的甲殼上。

但是，現在是不是蟲，也不是很重要。我早就沒有母親了。

那麼，我是不是也要失去父親了？

那麼，會不會變成蟲的我，真的再也不會有誰在乎了。

§

「餓了——餓了——餓餓餓——」

我睡太久了，該去面對父親留下的爛攤子，一個被兒子遺棄仍不自知的老母親，不知怎麼，我覺得無知是幸福的。

奶奶的叫聲催促著我從床上起來，猛然驚覺自己沉睡了一小時，好像夢到母親又好像夢到父親，我也不確定，可能是這兩天太疲累，我從不曾眷戀午睡的。

夏天落日好像特別遲，夕陽穿過紗窗將我的影子長長地轉印在房間地板，我該下樓準備奶奶的晚餐了。煮飯給老人吃是我最苦惱的事，那不是打遊戲就能獲取的技能，但還好冰箱裡有兼顧營養和飽足感的調理包，只要取出放進微波爐加熱即可。

正當我拖著無比沉重的腳步，慢慢走下樓，沒下幾階，卻聽見奶奶在說話。

「阿宏啊，小熊軟糖有買嗎？回答我啊。我就知道又忘了買，小任哭著要吃，你要負責喔。」

咦？奶奶在和阿宏說話，那個阿宏最近都是我，奶奶忘了我是小任，我就變成阿宏，父親後來又說阿宏真是她弟弟，他查了族譜，是奶奶小時候夭折的弟弟。

究竟誰能取代我阿宏的位置，奶奶該不會隨便開門放陌生人進來家裡吧？

想到這我有種奇怪的預感，立即加快腳步，三兩步躍下剩餘階梯，越過廚房和客廳間隔的屏風，我看到了——阿宏。

那是滿臉疲憊的父親——他回家了！

「爸——這兩天你去哪了？電話也沒帶，我都報警了。」

我的聲音在發抖，衝到父親面前的我，緊抓著他的手。他大概不習慣我有這種激烈的反應，只見他眼神混合慌張與驚恐，才發覺全身髒汙的他還透著一股難聞的氣味，彷若混合腐敗爛肉和死魚，啊——他的西式長褲擦破了，膝蓋正淌著血。

「我……找，找不到路。後來……找不到……」他吞吞吐吐地說著。

「找不到家裡的路對嗎？」我性急地幫他完成句子。

他艱難地抬起頭看我一眼，點點頭，接著伸出右手撫著膝蓋，發出輕微的呻吟聲。

「阿宏，你流血了，要擦藥，我去拿——」奶奶這時倒是又忽然清醒起來。

我暫時沒法顧及奶奶，看著她朝著玄關矮櫃走去，應該是記得家庭醫藥箱放在那邊。

「痛嗎？」我伸出手指，輕輕往父親的膝蓋按壓。

「啊——很痛。」父親的臉瞬時扭曲，同時將我的手揮開，他彎下腰抱著肚子看起來很痛苦。

「爸，你受傷了，有跌倒嗎？你去了哪裡？究竟發生什麼事了？忘記路，你怎麼回家？」

我從不曾以如此高昂的姿態質問他，始終埋首於兩膝之間的父親，我不知他消失這兩日究竟是怎麼了？

他仍然抱著肚子很勉強地抬起頭，面色蒼白地望著我，隨即又低下頭去，只聽到極細微的聲音傳來：「忽然……想起來了，但是……背包不見了，只好走路……我的肚子痛……好痛……」

相較剛剛喊痛，他的聲音忽然調低好幾格，簡直只剩氣音聲量，隱約覺得目前父親有點不對勁，他始終抱著肚子，難道是和大熊一樣的毛病？

之前和大熊同居時，有一次他房裡徹夜傳來低微呻吟聲，身為室友出門上班前關心一下這人整晚是在打什麼18禁遊戲？沒想到我看到弓著身體臉色蒼白的大熊，他以極端扭曲的表情抱著肚子，虛弱地說——幫我叫救護車。我只好拜託同事幫忙請假，陪著大熊搭上此生頭一遭的救護車。

去醫院的路程不算遠，大約十分鐘，我卻完全不敢看救護員的臉，也不敢看大熊彌留的臉，因為他一直喊著自己快死了。

到了急診中心，醫生立即來處理大熊的腹部，護理師幫他打點滴後，他似乎暫時活了過來，仍然斷歇哀嚎肚子痛，非常痛，痛得快要死掉了。身為室友實在有點丟臉，我不清楚他究竟有多痛，只得忍受病人的任性。

醫生立即左按按右摸摸說，「右下比左下痛對嗎？」

「對……啊——痛。」像被按下音量調大的格數，大熊又再度發出慘叫。

「是盲腸炎嗎？要開刀嗎？」我好不容易鼓起勇氣擠出兩句話表示關心。

以我有限的知識，肚子痛十之八九腸胃炎，剩下一二就是盲腸炎，不好意思當醫生的面拿出手機查肚子痛的方位，腹痛整夜的大熊大概逃不了開刀的命運了。

當時醫生看也不看我，淡淡地說，「不是盲腸炎，不過，要馬上開刀沒錯，病人右上腹痛，是膽結石。」

我和大熊的友情本不是建立在拜把麻吉的基礎，除了室友關係加上陪著開刀，大熊笑說得感謝我一輩子，幫他脫離世界孤獨指數最高級「一個人去動手術」。

這樣生死不換的友情，我剛回家住時彼此還會傳訊息，漸漸地在打遊戲時順便打屁，後來不知道是大熊太忙還是我不好意思打擾他，畢竟人家有正職是工程師得寫很多程式，我不過是在家照顧奶奶的人。他原本是我五個手指內的朋友，現在我根本不知道自己是否有資格稱作他的朋友。總之這陣子居然忘記有這個朋友了。

眼前父親抱著肚子痛到五官都扭曲了，而且手掌老是按壓著同一方位，會不會真的和大熊一樣的症狀？

「爸，肚子右上這邊痛嗎？」

「嗯……，肩膀也痛。」

我馬上滑開手機，打了關鍵字「右上腹痛」，立即有個網頁是「一張圖看懂腹痛的位置及原因，出現這些狀況請趕緊急診就醫」，大致與父親目前的狀況核對無誤後，網路自我診斷實在不可取，我和他說得趕緊去醫院，便打119叫了救護車。

他失蹤這兩天究竟遭遇了什麼，一時半刻也問不清楚，目前得趕緊處理他的傷口和腹痛，這不是擦擦碘酒貼ＯＫ蹦就能解決。接著又再度緊急致電小鳥阿姨來救援，我簡單說明重點，父親回家了，受傷了得盡速就醫，腹痛的事我沒多說，畢竟得由專業醫生診斷。

還好奶奶又沉浸在電視台播放的電影裡，她沒被我的慌亂影響，順手打開一包蔬菜餅乾放在茶几上，奶奶立即一片一片放進嘴裡顯得很開心，她總是說看電影就是要有點心。隨即我和父親低語，去門口等車，再隨便拿了一件外套讓他穿上，慢慢地扶他走到庭院的椅子坐下。

小鳥阿姨和我們住得近，她騎摩托車過來時，也沒多問什麼，直拍著父親肩膀說真是老天爺有保庇，她懸著一顆心總算可以放下來了。還不忘低聲跟我說，父親回家就好，不要老是和爸爸吵架，最近她剛好家事服務的工作排得很寬鬆，可以隨傳隨到。

「阿姨，你前陣子說工作排得少是要做健康檢查對嗎？妳不要累壞了，明天我可以申請長照服務，今天是突發狀況，不得不又找妳來幫忙了。」UBER還沒來的空檔，我很自然地和她說明接下來的計畫。

「喲，你小子還會關心阿姨了，真是讓人感動。記得半年前你剛回家，觀察你一個多月，一句話也不吭，我還以為你啞巴，哈哈。」

「我……很不會和女生聊天啦。」

「我不是女生啊，都歐巴桑了。好啦，逗你的，快帶爸爸去醫院吧。」

我和小鳥阿姨聊了一會兒，父親沉默到底，彷彿不認得她，他只是一直盯著長褲上滲血的膝蓋。

父親思考時習慣有個小動作，他會不自覺摸著鬢角或下巴的鬍渣，但此時，他卻將雙手拘謹地擺放在膝上。我走過去使君子的棚架下將他從藤椅扶起，他也乖順地任我攙扶，毫無表情地將身體大部分的重量傾斜向我。

我忽然有點難以承受，究竟這個父親是哪個父親？

幾小時後，再度叫了UBER，這次的司機當然不是上次那個，但我已經比較適應搭陌生人的車前往陌生之地了。然而，這次同車的還有父親，不知道為什麼，比起上次帶奶奶回診，我的心似乎更為篤定。

父親究竟去了哪裡，他好像沒有告訴我的打算，好像他根本不曾從這個家離開，或者不過暫時去了遙遠的某個地方吹吹風看看海，還爬上岸邊的消波塊，想要更接近母親當時離開世界的地方，但太過想念母親的他，可能過於情緒激動，不小心跌下消波塊，小腿骨折了。

以上是我作為一個兒子，傾其所能自我欺瞞的謊話。我不知道他失蹤兩天，究竟前往何方，發生何事，為何留下傷口？一切都和父親消失之前的決定有關。

但是，父親總回說想不起來了。

在急診室等待醫生前來的空檔，我抓緊時間再次詢問父親，得到的答案都一樣，想不起來了。

父親一到急診室，他的肚子似乎更痛了——醫生檢查時一按壓右上腹，他和大熊一樣慘叫不停。醫生摸摸按按後，指著照過X光片的腹部說，這個位置是膽結石，痛成這樣得馬上開刀。

同時，護理師用剪刀將父親的褲管剪開，右小腿整個瘀青腫脹，膝蓋還汩汩滲著血，真不知道他是怎麼拖著病腳回到家。先是簡單沖洗了生理食鹽水和護理傷口，腿腳也照過X光，醫生指著片子說，還好膝蓋沒骨折，但小腿骨有挫傷，傷口看似不大卻都腫脹了，得縫上幾針，但是，最重要的是膽結石不能等，要緊急開刀。

「不開行嗎？我得上課。」

沉默許久的父親竟然開口便是毫無幫助的廢話，看起來他現在很正常，還記得自己要上課呢。

醫生斜睨了瞧了我，又望向病患那方，微笑輕撫父親的腿說，「行啊。不開刀膽囊最後整個破掉，變成腹膜炎，你會死，你先簽一張放棄開刀聲明給我喔。」

「那……開吧。過兩天開可以嗎？我得請假。」

我不敢相信耳朵聽見的是什麼，父親究竟是怕死還是不怕死，他的膽看起來好得很。他真以為可以捧著痛得要死的肚子過兩天再說，或許，等下他的腹部就鼓脹起來，充滿膽囊破裂的壞水……連自己是哪天哪裡跌倒的都記不得，卻記得工作要請假。

「不可以，現在，馬上要開。不用緊張，這是常見的手術。開完住院觀察幾天，其他細節護理師會和你說明。」

為了慎重起見，趁著護理師在幫他清創膝蓋傷口，我走到一旁低聲和急診醫師提及父親曾檢驗出早發性阿茲海默症，醫生說必要時，住院期間可以讓失智症中心一起會診。

後來，父親的手術當晚便順利結束，幸運地有雙人病房可以入住。暫且安頓好父親，又得回家準備住院用品，再次搭上UBER，不過兩日，我成為經常出門處理重大事件的人，不但去了警察局還來了醫院兩次。生活彷彿被誰劇烈搖晃，那個誰，正躺在病房等著我

夜晚的醫院大廳冰冷而死寂，少了行色匆匆的陌生人，感覺更自在，不需要閃躲別人的肩膀，不必要迎接陌生眼神，只聽見自己的球鞋和光滑地板摩擦的啾啾聲。我喜歡這種寧靜。

當我提著衣物和阿姨準備好的飯盒抵達父親居住的病房，半倚在床的他沒休息，眼

睛盯著打上石膏的膝蓋和纏滿紗布的小腿，又像是投射到更遠的那面空白的牆。我不能確定他聚焦的點在哪裡。

「如果傷口會痛就和護士說喔。」我將東西放進病床旁的置物櫃時忍不住打破沉默。

他好似忽然驚醒，眼神回到我的臉，隨即又垂下眼，摸著身旁點滴的輸送管，不在意地說，「我不覺得有這麼嚴重，還能走回家啊。」

他隨即打開飯盒，我連忙將餐桌推車移過去床邊，他朝我點點頭，父親回來後，雖然僅是短暫幾小時，我發現他看我的眼神和以前不一樣了。

那是非常微妙的差距，大概是兩張連拍照片，反覆觀看才能分辨出一毫米的差異，以前我雖然很少直視他，只要對到眼一兩秒也能深刻感受到他的怒氣、不安，甚至放棄。譬如，剛才我進病房時，努力地想捕捉父親的想法，相視瞬間，卻發現他眼裡的空洞，他仍然望著我，但沒有任何訊號給我……

儘管只是非常短促的時間，他又會回復到充滿情緒的眼睛，那是離家前的父親沒錯，但我內心就是雪亮明白，離家復又歸來的他已經不再是以前的父親了。

「你究竟去了哪裡？」我不死心又問了一次。

「想不起來了。」父親停下筷子，看著我，很篤定的眼神。

他的答案仍舊沒有改變。

算了，我也不想要什麼答案，就當此處收不到訊號。

重要的是，他想起回家的路了。

六

每天去探望住在醫院靜養的父親，固定在病床不動的他，像是我念中學放在窗檯那幾盆仙人掌，本來以為快要掛掉的乾燥枝幹逐漸冒出綠意，細小的刺仍在，卻不如以往扎手的疼，是太靠近碰觸也不怕的那種疼。我很訝異自己會有這種想法。

「我傷口慢慢不疼了，點滴裡都有加止痛藥，你不要在這裡逗留太久，新聞說最近有奇怪的病毒在蔓延，很像流感。髒衣服我都裝好了，你趕緊回家，回家後要換掉衣服去洗澡，不要把醫院的細菌帶回去，小心照顧奶奶。」父親伸手指了指置放在床邊櫃旁的藍色塑膠袋。

「我知道啦。你不用擔心奶奶，都生病了，多擔心自己吧。」

「怎麼可能不擔心，你都沒在看新聞嗎？大陸和香港都有很多病例了。你最好把口罩戴起來，可以有點防護力，這時候開刀還要住院一星期，我可能是把膽拿掉，無膽之人另一種說法就是……從此都要過著提著心、無法吊著膽想做什麼就做什麼了。」父親一面舀著便當裡的咖哩飯一面盯著牆上的電視新聞，好像那病毒穿過螢幕即將籠罩他那般苦惱。

「你以前不是說新聞都誇大其辭，能信嗎？」

父親的視線頓時從電視機轉向我，狠狠瞪了一眼，這個時候，我差點要遺忘他是個病人，還有早發性阿茲海默，但脾氣說來就來，沒錯，正是我的父親。

他住院第二天排氣後自己停掉醫院訂餐，說想吃小鳥阿姨做的便當，其實不就是預先將咖哩雞或紅燒肉冷凍起來的調理包，隔水解凍後直接淋在白飯上，居然成為他的鄉愁。接受餵養飯菜不過半年時間，看到父親被制約的胃口，有種苦澀感湧到喉頭。往日奶奶掌管廚房，現在換成阿姨，父子倆真正嚐到母親的料理，短暫如煙花。

為了父親的便當，我得早晚跑一趟醫院送餐，也陸續帶去幾本厚重的書，他指定要讀法國大文豪所寫的《追憶逝水年華》，或許他寧可看書也不想和我聊天，也或許待在醫院這個失去自由的空間，有書握在手裡多少有點安全感。

「你好像變開朗了，剛剛看你和護士聊天，有說有笑的，不是最討厭和陌生人說話？」

「什麼有說有笑，是護士小姐問你喝多少水，有沒有大小便，都要登記起來，跟你說很多次，你都不理。我幫你解釋，可能是害羞，不好意思和漂亮妹妹說話。她就笑了。」

「喂，幹嘛亂說話，我哪裡害羞，就忘記，不記得啊。」說著說著，他兩眼往上吊露出眼白，又補了一句，好啦，現在開始會記錄。

這個神情果然是我的父親，容易不耐煩，討厭被人誤解，那是一生正直不喜歡麻煩別人的父親。

父親說只要我幫忙拿換洗衣物和送餐，他甚至還能推著點滴架自行如廁和洗澡，還說不要浪費錢請看護，又不是七老八十沒有行為能力。他應該不是心疼我這秋老虎的天氣跑來跑去淌了渾身汗，只是不愛麻煩別人。我只能摸摸鼻子像個閒人在護理站晃來晃去，問問父親復原的時程，偶爾遇到醫生來巡房剛好也能詢問後續膝蓋復健的問題。

我發現自己好像不再排斥陌生人，可能是近來常來醫院，讓我想通一件事。

我感到陌生的他人，醫生護士或是Uber司機，我也是他們眼裡陌生的他人，但是我們在同一空間有了連結，就好像在線上結成遊戲同盟，既然在這個時間我們是個團隊，我沒理由背叛也沒辦法不努力達成目標。

§

越來越習慣踏出家門，或許是件好事，也察覺到自己好像和前幾天的我，有些差異。

可以搭公車不搭Uber，看到老人小孩孕婦會脫口而出，我一站就到你們坐沒關係。

可以坐在便利商店吃東西，結帳時會順口和店員說謝謝。

可以在醫院候診區和陌生人坐在一起等號領奶奶慢性處方箋的藥。

可以拎著垃圾和鄰居並肩而立一塊等垃圾車，有幾次還和對方點頭說再見。

大約是一瞬間，我忽然有了意念便連動表情和聲音，一次兩次，好像也不困難，以往糾結我的重度社交恐慌症彷彿直接降到輕量級。

我突然興致一來想和大熊說說這個轉變。才發覺近來實在太忙碌，一開始是父親失蹤，後來醫院家裡兩頭跑，加上還要照顧奶奶，我沒有一分一秒想起大熊。

我居然遺忘他了。他是出社會上班後第一個對我好的朋友，不僅是同住四年的同居人，甚至比大學同寢室友更加了解我的癖好我的作息我的哀傷喜怒的人了。

而我，已經忘記他了。

他的聲音不再出現在我的腦海裡，我是不是就不會再想起他了？

一年前，憂鬱症去就醫時，我和諮商師提到腦子裡總有另一個人的聲音跟我說話，具體的動作和形貌都非常清晰。他說憂鬱症有個病癥就是妄想，目前妄想性人格偶爾出現但不曾傷害他人或自己，配合服藥可以慢慢觀察沒關係。接下來諮商師請我試著描述腦子裡那個聲音。

「我覺得那好像不是妄想。他曾經真實存在我的生活，只是他現在去世了。」

「真實存在過？可以試著再說清楚一點嗎？」

「他是我的室友，是個工程師，我們分租一層樓的二房一廳，有四年。直到他出了車禍去世，很突然，我接到電話通知，他已經在救護車上大量失血沒有呼吸心跳了。救護員拿著他的手機說，最後跟他通話的人是我……」

「描述一下你們相處的狀況，出現在你腦子的他的聲音，是在他去世之後發生的嗎？」

「嗯，大約是他去世後兩三個月後，我仍然住在原來合租的公寓，但是我失業了，整天提不起精神，吃飯睡覺都不正常，望著空盪盪的冰箱也沒有出門買食物的動力，我正喃喃自語說，這樣下去真的不行——腦海裡忽然清晰地出現他的罵人的聲音，『喂，你這樣下去真的不行』，我真的嚇了一跳，就像他站在冰箱邊對我說話，我以為他的鬼魂回來了。就在房子裡一直找一直找，沒有，什麼都沒有。他的房間不久前家人已經來搬空了，只留下一個又舊又扁的床墊……但是當我放棄尋找，關上他的房門時，他的聲音又出現了。這次他說，『你是不是應該振作起來，你可以的，不要放棄自己啊』。我們同住四年，他非常了解我，經常一起打遊戲，也會為了分擔家事而吵架，他很會模仿我說話，這點很討厭，可是我也習慣了，反正我很害怕社交，交新朋友很麻煩，我不知道這樣的相處好不好？但是，從那天起，他的聲音時不時出現在腦子裡，建議我這個那個，有時也覺得幹嘛什麼事情他都要參一腳，可是……沒有他的生活，我真的很寂寞。」

死亡，總是無聲無息來到我身邊，不知道為什麼總得承受這些。我記得說完之後，莫名其妙感到淚水沿著臉頰落到胸口，一滴又一滴，無法停止的悲傷。那也是我第一次覺得藏在心底的話有人安靜傾聽，好像被理解了隱藏的脆弱那樣，長久以來沒有人這麼關心我，聽我說話，我感到自己緊繃的肩膀似乎鬆弛了一點。不知道是不是諮商師都擁有讓人將心底話說出來的能力，那是我初次對一個陌生人說那麼多話。

站在病床窗邊，我假裝看著手機，卻想起了一年前諮商的往事。

父親的病床很幸運地靠窗，站在五樓病房，視野很遼闊，醫院周遭植有不少樹木。我們的病房剛好在後棟接近天井的小花園，從上往下俯瞰，有坐輪椅和推著點滴架的，也有陪病家屬圍繞著病人坐在長椅，椅子上還攤開食物和飲料像在野餐的模樣。

如果不說是醫院而是渡假飯店，也會讓人萌生錯覺，回頭一看，父親側身躺臥著看起來很愜意地看著電視，剛剛從醫院便利商店買來的水果正被他一片片送進嘴裡。

但是雪白的牆雪白的病床，整個雪白空間還是讓我想起去年曾經每個月見一次面的諮商師。他雪白的短制服，制服左胸的口袋總是插著兩支筆，兩側口袋也總是鼓鼓地塞著東西。諮商時為了躲避他的目光，我會盯著他制服領片，口袋的兩支藍筆。

這時，手機的定時鬧鐘響起來，提醒搭車，居服員還等著我回家換班照顧奶奶。

§

剛剛從醫院回家，傍晚的垃圾車已緩緩自路口現身，我趕緊將庭院裡打包好的垃圾拎出來，才關上門，遠遠便瞄到戴著NY白帽的青年已站妥位置，竟有種打遊戲遇到同盟的驚喜感。

他舉起手輕輕晃了晃，我舉起垃圾袋伸長手臂表示無奈，大約就是拿得出手的道具很遜我知道，你將就點的意思。

垃圾車只會慢速前進並不停留，只見他右手的垃圾袋拋出一個美妙拋物線直落車斗，簡直是遊戲裡直擊取分的技能，我跟著一個跨步也將袋子拋出——登愣，恰好擦邊跳彈落入，論角度力道和美感，連續擊破勉強取分僅僅補血一格。

「你爸還好嗎？我從媽媽那裡知道你家發生的事……呃，我們這個小地方就是這樣。」

他居然開口跟我說話，雖是問候父親，卻讓我不知該如何回應。

初次交談，沒想到在我們都戴著口罩的狀態，說實在也忘記他完整的五官究竟是怎樣？我還來不及記憶他的臉，他也來不及記憶我，一切都是新的，有種莫名的快樂，彷彿在打怪時剛好撿到寶物瞬間補血。

「算是幸運，他後來自己回家了，但是因為膽囊發炎，急診醫生說得馬上開刀，還好平安順利，住院一週應該就痊癒了。」

他聽完露出笑容，即便隔著口罩，得知父親目前無礙後跟著也鬆了一口氣。這個城市邊陲郊區小地方，我想父親也不想讓太多人知道他的秘密，撿些重點說應該算是貼心的兒子吧。

「你辛苦了啊。家裡還有奶奶要照顧，這陣子肯定醫院家裡兩頭跑，需要幫忙就喊我一下沒問題的，那幾個種苗培育的白棚子方向就是我們家，基本上，隨時有人在，我們要不要加個LINE比較方便？」

我還來不及說要或不要，他已從外套口袋掏出手機點開LINE的行動條碼框框，我連忙也拿出手機顯示條碼讓他掃描，很快地，他傳來一個詹姆士飄逸金髮的貼圖，然後抬起頭開心地對我說，「很好，我們是朋友了喔。」

我們是朋友了喔。雖然隔著口罩，他眼睛笑瞇成細線，如果他能看見口罩下的我不知道該不該微笑，會不會不想和我做朋友？

今天是值得記憶的一天，如果我的記憶可靠直到老去還能想起這一天，我想好好記住這件事。

我終於在現實生活裡認識了新朋友。

§

我喜歡奶奶沉睡的時候，多麼乖巧，但那個時候也很像已經死去，所以我常將食指放在她鼻孔測試鼻息。

她的模樣實在不像個病人，因為極少晒太陽，面色如玉，皮膚看起來甚至細嫩光滑。均勻地呼吸，胸口一起一伏，額頭還冒了點汗珠，我順手拉開窗簾，傍晚有點風，讓她的房間空氣流動一下也好。

事先申請的長照喘息服務這幾天實在幫了大忙，居服員離開前已經為奶奶洗過澡也完成每天需要練習的益智遊戲。她說奶奶除了愛看電影也喜歡玩桌遊，像是簡單的撲克牌數字加法和下跳棋，還在聯絡事項打上星號提醒我：「玩桌遊可以動手、動口和動腦，不管是對記憶和語言的整合都很有幫助，要耐心地陪奶奶玩遊戲喔。」

看著客廳茶几上的撲克牌、跳棋和大富翁牌卡，實在無法想像自己和奶奶玩桌遊究竟是什麼仙界傳說？不過居服阿姨會如此建議一定是對減緩失智症惡化有所助益，就把奶奶當成初學者，初學者打遊戲每一步不但會思考很久，也會不按牌理出牌，毫無邏輯就是新手特質。

「誰都有新手的時候嘛，誰生下來就會打LoL啊？每個英雄都有命定的路線，這邊有我蒐集的攻略拿去練一下啦。」

我想起剛和大熊同居時，他和我一起打英雄聯盟時總是說，不要急，慢慢打，每個英雄角色會隨著遊戲的進行變得越來越強大。不知為何，不過是要和奶奶玩這些簡單得要命的桌遊，腦海忽而閃過大熊的話。或許，我也希望遊戲中的奶奶可以獲得「好戰者鎧甲」或「黃金鍋鏟」盡量防禦也好，多補血生命值多換取一些時間，即使那只是遊戲。

唉。我清晰地聽見一聲嘆息，那是我的嘴給我的答案。人生畢竟不是遊戲。

電玩的音樂響起，那是我設定的手機鈴聲，非常嘈雜，得趕緊接起，吵醒了奶奶我就沒有時間去弄晚餐了。

「喔，阿姨啊，對，正要去弄晚餐……講一下沒關係啦。蛤？我不行啦。嗯，嗯，我知道，那……好吧。我考慮一下，晚一點回訊息給您。」

阿姨問明天是否能抽空去安養院當志工，很需要有體力有顏質的猛男去逗老太太開心，還說我最近照顧奶奶越來越順手，肯定沒問題。

本想含糊地推辭這個提議，打哈哈說我不行啦，我顏質低落只能在家騙我奶奶。

正解是，我這種人哪有資格去照護老人，要愛心沒愛心，要信心沒信心，終究我骨子裡還是個害怕面對人群的傢伙。會不會我真正怯懦的是，照顧自家奶奶還可以，照顧外人恐怕會拖人後腿。

下意識想拒絕，卻又想起父親離家出走之前曾說，如果我有能力照顧好奶奶，應該試著去考個居服員的資格，難道這建議是預言或是某種訊號？

我好像不該錯過志工邀請，去試試是否可以面對人群好像也不錯？

望著奶奶仍舊熟睡的臉，無比祥和，最後，我在群組傳了兔子比ＯＫ的貼圖給阿姨。我想我需要面對不只是人群，而是軟弱的自己吧。

§

「嗨嗨　在嗎　你最近好像很忙欸　都沒回我　是不是我沒回你訊息　生氣了？」

「奇怪　真的不理我　你也知道人家很忙啊」

「你要習慣人家都會忙到很晚　你都不知道我快被奧客氣死了」

「你想被當成沒禮貌的人嗎　快點回我啦」

「再不回我　以後都不答應你任何要求了」

「不好意思，小薇，最近家裡發生很多事，我真的是忙暈，不是故意不回訊息。」

「小薇，妳是小薇？妳是不是被盜帳號了？說話怪怪的。」

「我是小薇啊　是不是太久沒聊天都不知道怎麼聊了」

「是很久沒聊了，想說妳也忙，不好意思在妳上班的時間吵妳。」

「你是我的朋友裡唯一聊天還要打標點的　這點錯不了」

「你真的很可愛欸　反正我的工作和酒促小姐差不多　一直站櫃　拿著商品問客人要不要買　要不要試用一下」

「結果有一次就被一個北北問　這麼好　可以免費試用喔」

「不要亂想到色色的地方去喔　那個北北都可以當我阿公了」

「說到我阿公　他最近癌症復發　醫生說癌細胞已經轉移到全身　每次去醫院看他我都好難過　眼淚掉不停」

「去醫院看妳阿公？妳為什麼可以去醫院？」

「我當然要去醫院啊　我小時候都住在阿公阿罵家　我很愛他們」

「可是最近有Rain病毒，醫院都限制家屬探病了。」

「喔　對　我知道啦　我是說前陣子我都有去醫院看他啦」

「你最近都好嗎　很久沒聽你抱怨你爸了　哈哈」

「最近我爸也開刀住院，我比較忙。」

「原來喔　想說你怎麼都沒傳訊息來　祝你爸早日康復啊」

「你真的是小薇？以前你不會這樣說話，我……有點不習慣。」

「我不是小薇是鬼嗎　就跟你說我是啊　我變成熟了　知道要孝順」

「說真的　我阿公生病後我才覺得自己太不孝了　我們家連醫藥費都付不出來」

「真的嗎？那要怎麼辦？」

「我可能要去酒店陪酒才能快點賺到錢了」

「不好吧？女孩子去那種場所工作不就毀了。」

「還是你可以先借我一點錢　不用多　十萬塊就好」

「十萬塊，這夠嗎？」

「夠啊　暫時先把這個月住院的費用繳了」

「這樣……可是，我沒有十萬塊。」

「你不是有領你爸爸給的薪水，怎麼可能沒有錢？」

「我住家裡沒在存錢，還有打遊戲加值都用光了。」

「你這樣不行啦　臨時需要急用怎麼辦　還是　你跟你爸預支薪水借我　兩萬三萬都可以」

「我爸有錢也不會借給我，他很小氣。」

「拜託啦 你一定有辦法弄到錢借我 不然我真的要去接客陪酒了」

「我想起來了，我認識一個有為的青年，他在我家附近的派出所當警察，不如我介紹妳跟他借錢。」

「不借就算了 何必這樣沒風度」

「你不是我認識的小薇，我何必有風度，管妳要去陪誰喝酒。」

§

我和小薇的LINE對話就靜止在她抱怨我沒風度那裡。

她的ＩＤ自此人間蒸發。或許蒸發的是想要詐騙我的某個人，並不是小薇。

一年前，她傳第一則訊息來，我就知道她遲早要騙我，不是不騙只是兩情未到深處騙不到。

剛開始有點憂鬱的時候，我註冊了交友網站，略微遲疑，便上傳了大熊在電腦前寫程式的帥照，從工作內容到喜歡的運動電影食物甚至連球鞋號碼都是大熊的。

用大熊的身分幫他物色女友，是大熊去世後我唯一能為他做的事。

他在天上看見可能會興奮到胡說八道，搞不好還會使勁巴我的頭說，幹——這種騙財騙色的事你也幹得出來嘛。

當時網交資料有人大話填上，「好看的皮囊千篇一律，有趣的靈魂萬中選一」，聽說是從王爾德作品抄來的句子，這種大話即便我用大熊來騙友也不適用，他重達一百公斤的皮囊算不得好看，不過盛年掛掉的他或許擁有有趣的靈魂亦不可知。

我以為不過是瞞騙速配的女孩一陣子，關掉帳號不玩就OVER。沒想到，事先說好不見面的柏拉圖式交友，在聊天室胡聊瞎聊也會上癮，小薇總是非常耐心地聽我說別人的壞話，前公司前上司前同事，還有大熊的室友的壞話我也說。

不知從何時開始，我竟然對網路那端的女孩掏心掏肺，雖然掏出的盡是沒人稀罕的黑心腸和驢肝肺，但是常常錯覺溫柔可人的小薇彷彿真是我的女友。

回家後，生活瞬間被照顧奶奶所填滿，我不再瘋狂和小薇聊天，最多就是傳訊息給她，看起來好像拉開了距離，實際上一點也沒影響。我們什麼也不是。沒牽手沒接吻，我甚至連她真正的模樣都不曾看過，她跟我坦承，交友網站上放的照片是她閨蜜，因為她身材好又美若天仙，從小最討厭求交往的男人都是看上她的美貌。

不論她怎麼騙我，當時我都不在乎，反正我也在騙她，這個交友狀態簡直天造地設。

她對我的生活最有貢獻的部分是，每次傳錄音訊息來，我總會將音檔存起來，感覺一來，想要用十個兄弟慰勞自己的時候，耳機裡聽著她嗯嗯哼哼交錯喘息的聲音，總是一下子就射出來。或許和她本人做愛都不會這麼痛快吧。我看到她那張美到無法接受男人的嘴臉，可能硬不起來。

我的欲望其實很少，有時覺得是不是吃太多憂鬱症的藥，讓我終於從內到外徹頭徹尾變成冷感的人了。

原來和我網交那個小薇會不會再出現呢？

如果她又傳訊息給我，只要幾句話就可以判定是不是她。

如果真有那一天，我想，我不會再騙她了。

§

我和小鳥阿姨約好安養院旁的便利商店碰面，她結束家事服務的工作再前來會合。

這個時段店裡沒什麼客人，落地窗用餐區，只有一位老先生和我，分據落地窗兩端。透過用餐區大片玻璃看著店前的十字路口，紅燈綠燈輪流亮起，空盪盪的斑馬線沒有任何行人，偶爾有機車騎士違規左轉，唰地人車一個半弧便融入了對向車道。

一年前宅在家不動轉變為現在四處移動的生活，如果大熊尚在人世恐怕難以置信，可能會不屑地說，哎喲，不能小看宅男也有思春的一天。

哼。宅男也有變型男的潛力吧。我居然邊喝著便利商店的冰美邊喃喃自語，我的腦子真的將他消音了，再也沒法和大熊練肖話是有點孤單寂寞冷，但我可是世界孤獨指數除了動手術全都一人包辦也無所謂啊。

一個人去逛超市。一個人去餐廳吃飯。一個人去咖啡廳。一個人吃火鍋。一個人去KTV。一個人看電影。一個人看海。一個人去遊樂園。一個人搬家。一個人去動手術。

最後的手術目前的我很難達成，但前四項只要去一趟超市，買好食材和咖啡包，在家就可以吃飯吃火鍋喝咖啡，何必浪費時間出門。在家戴上電競耳機，點開YOUTOBE隨點隨唱還有歌手一起合唱，訂閱Netflix串流影音服務，世界各國的電影、電視、動畫和紀錄片在家舒服窩在沙發上吃洋芋片怎麼看都無比美妙，為何一定要去特定空間才享受虛華無用的娛樂？看海不是人人都能沉醉其中啊，我當兵衰到極點抽到馬祖東引，在那看了一整年的海，海總讓我想起母親最後的停留的地方，在東引期間我幾度差點躍入閃著粼粼波光的大海，得以苟活至今，那是我抱持著這一生看夠了海，往後的日子應該得如履平地一片祥瑞了吧。

一個人去遊樂園我讀國中的時候確實經歷過，因為我記錯了戶外教學的時間，所以全班只有我一個人抵達遊樂園門口，我想都搭公車去了，不如就進去玩一天，那天不是假日遊客稀少，我很痛快地玩了一遍又一遍的自由落體，因為那最接近跳海的感覺。對，國中生的我就是個思想灰暗的傢伙了。

一個人搬家就更簡單了，不論是大學住宿或是搬到公寓和大熊同住，都是獨力完成，近一點的是半年前一個人回來照顧奶奶。一個人能做到的事我不懂為何要拜託別人，當然如同父親那樣囤積滿屋子雜物，就得讓搬家公司來幫忙打包搬運啦。

所謂的一個人不是非得一個人，而是不知不覺變成一個人也可以，但前提是，有人可以一起面對，我會很感謝陪著我的那個人，好像有人分擔，痛苦也會減少一半啊。

不知道我陪著父親去醫院動手術時，他是不是有和我同樣的感覺？

阿姨尚未出現的空檔，喝著冰美式想了許多一個人做的事，猛然察覺回家後我離一個人的時光越來越遠了。

前方的視野此時有點變化，不知道幾個綠燈之後，斑馬線那頭有個淡黃短髮少女輕快地移動筆直白皙的雙腿奔過來，淡黃短髮彷彿頂著被整條街的陽光那麼亮眼，叮咚，她進了便利商店。

我管控不了視線跟隨著她，她在我後面的冷飲貨架拿著什麼東西迅速去結帳了。不，她又想到什麼，衝到中島的熱食區的電鍋那邊夾取了茶葉蛋，又快捷地移動筆直而毫無贅肉的雙腿去結帳。少女的海藍牛仔短褲下緣抽出整排淡藍色線鬚，恰好遮住臀部下方的微笑線。我會知道微笑線也是大熊跟我說的啦，他有次跟我抱怨公司員工旅遊有個歐巴桑同事，都五十幾歲了還穿超短褲，一路就看著阿桑的微笑線沒道德地出來打招呼。我還得查網路才知道何謂微笑線，大熊強調那位同事太沒道德讓我笑歪在沙發上，沒想到死宅男他居然會介意女人下垂的臀部。

少女的微笑線或許露出來也不錯，正當我有失品格的這麼想時，她拿著結好帳的優酪乳和茶葉蛋，踩著小袋鼠蹦跳步伐坐進我旁邊靠牆位置。

我嚇得猛喝一口美式鎮靜妄想，大腦要騷擾別人無法管束，一杯咖啡是我讓自己脫離照顧奶奶的喘息時間，我肯定不會有任何動作啦。染著一頭淡黃短髮的少女，感覺胸部發育得很好，不自覺又瞄到她正用手機在看抖音影片。我居然還有興致偷看別的女孩胸部，我曾以為自己對小薇的愛非常忠貞，雖然如今的小薇已不是小薇，我不說她也不會知道，但為何還是有種背叛的感覺。

我決定將視線固定在左邊的老先生，他正安靜地坐在左邊靠近自動門的位置。

老人的手指關節很粗大，像是老樹長出小樹瘤那樣乾枯斑駁突出的關節，手指微微地顫抖著，感覺他繼續震動下去或許手指會折斷也說不定。這才發現他手上揑著一束泛黃的信封，正反反覆覆看著上頭的字跡，桌上的柳橙汁和麵包完全沒有打開的意思。

約莫過了半小時，我咖啡已經喝完，窸窸窣窣吃完最後一口乳酪蛋糕，看看手機，阿姨傳來訊息剛停好摩托車，讓我可以去隔壁大樓警衛處會合了。我立即著手收拾紙杯和蛋糕包裝紙，他老先生卻同時轉過頭來，他伸手推推鼻梁上的眼鏡，朝我點點頭。怎麼說呢，那是一種熟識已久的凝視法。

「那麼，我就告辭了。明天見。」然後他俐落地站起身來，信封、柳橙汁、麵包都沒有帶走，逕自往便利店自動門走去。

我有些傻眼，此時淡黃短髮女孩迅速和我交換視線，她轉動著黑白分明的大眼睛，一副莫名其妙不想多管閒事，繼續低頭追看抖音影片。我體內特有的熱血魂此刻居然選擇爆發，下意識抓起桌上物品追了出去。

「喂——先生先生，你的東西。」

小鳥阿姨瞥見我出來忙不迭招手，她伸出食指往上一指，傳達現在就上樓到安養院的意思。我也伸出食指指向眼前看起來很茫然的老先生，她眨眨眼，雙手微微往身體兩側一攤，表示此刻什麼情況她不瞭？

正當我們無聲交談之際，老先生還站在騎樓看似張望著遠方，我發誓，他的眼睛看起來和剛剛不一樣了。具體來說，眼睛裡頭像是空的，什麼都沒有，我又喊了他幾聲，他毫不理會，瞳孔不知聚焦在哪？明明剛才在我身邊注視著信封時，他的眼神還熱烈而充滿情感，我還在想，會不會是情書，看這麼久都不膩，鑽木也要生出火花了。

叮咚。忽然便利商店的男店員也跑出來，他彷彿見多不怪拍拍我的肩，微笑說，「把信封交給我吧，老先生明天還會來，他住在隔壁大樓的安養院。」

阿姨一副恍然的表情，這時大樓的落地玻璃門驟然開啟走出一名穿著粉紅制服的護理師，她們瞬間交換了微笑，看起來熟識的模樣。

只見護理師溫柔地將手伸進老先生的臂彎說，「爺爺，我們快點去樓上找你朋友，他在等你喲。」

「老王來了，老王終於來了——快走快走哇，搭電梯搭電梯。」老先生語氣高昂突然激動起來。

他口中的老王應是期待已久的朋友，難道，在便利商店寫的信就是給老王的？

這段友誼竟如此深刻，跨越時空，跨越了記憶的縫隙，一直留存在老先生心中念念不忘。

§

小鳥阿姨示意我跟上腳步，我們進了同一部電梯，護理師問她待會兒的健檢工作找到志工幫忙了嗎？

「找著了，就是旁邊這位有為青年啊。」阿姨滿臉笑意，彷彿我是她不爭氣的兒子蒙受感召那樣得意。

護理師迅速地和我點個頭，也補充說明待會兒除了協助健檢，可能還要耽誤一些時間，幫忙行動自如的老人家做點簡單運動，真是太感謝臨時能來救火。總感覺隔著幾層不織布，戴著口罩說話語音些許失真，對彼此的認識還是差了一釐米，看似沒有距離仍然存在著距離那樣。實在不習慣戴口罩說話，我們的臉僅剩雙眼轉動著，我讀不出是職業病還是客套，只好隨意回覆，小事小事，我在家也照顧奶奶，沒問題的。

轉眼五樓已到，這家養護型的安養院位於五樓至十樓，五樓是大廳櫃檯和交誼廳，其他樓層分別為單人房、雙人房、四人房等不同房型，還配有醫護中心、護理站、餐廳區、宗教區、日光區等等。

我們陸續走入大廳，近身觀察老先生，他又換了一副表情。老先生拖著緩慢碎步，彷彿在電梯上升後迅速衰老，他跟隨著護理師移動到大廳靠牆的沙發椅坐下，眼睛眨也不眨注視著地板，好像地上寫著什麼謎語，他皺著眉想參透的苦思，簡直和方才樓下嚷著要見老王那個熱烈眼神不是同一人。

我的心神還籠罩在過去十分鐘或此時此地的時空，他和他，分明是同一人，卻已經是不同的他了。

此刻不容我思索太多，阿姨忙不迭拉我去櫃檯，將志工需要協助的工作內容表格逐一介紹。說起來安養院的志工，就是所有老人們願意讓你協助的事都算在工作範圍內，像是今天是醫院派一組醫師和護理師來做例行健檢，志工視情況幫忙老先生老太太脫下衣物照X光或去洗手間裝檢體驗尿等等。

陸續帶領他們進行檢查的時候，我終於理解阿姨為何說需要有體力的猛男來當志工，有些老人真的頗有蠻力，想要脫掉他們衣服的志工在老人眼裡像是來自異次元的不知名生物，他們瞬間成為自帶火力強大彈藥庫的攻擊者，拳打腳踢外加髒話連擊抵死防禦讓他們暴露身體的外來入侵者——

王八蛋！賤人！爛貨！生孩子沒屁眼的龜孫子！

好好好，等下就把王八蛋沖到馬桶沖掉，扭斷賤人的脖子，爛貨絕對要下十八層地獄好不好？龜孫子就讓大象一腳踩扁啦——

聽著阿姨一面小心地為老人家脫衣服一面吟詩作對似的對仗著髒話造句，雖然我還沒法將我負責的老先生脫下他的長褲，我還是忍不住笑出聲說，阿姨，太佩服了。

「拜託，小意思啦，他們又不知道自己在說什麼，別認真，認真就輸了。」

「我今天才知道什麼是人外有人，我家奶奶真的算乖巧……」

「是吧，話別說太早，後面還有大魔王咧，哈。這邊交給你了，我要去幫三樓的老太太們體檢了。待會兒見。」

結束健檢工作時，一起協助在電腦登錄資料的社工師，她向我要了證件掃條碼，說是在這家安養中心做志工，可以將服務時數存在「時間存摺」，日後不論是自己或家人需要都可以提領使用。

當然，她沒忘投來期望眼神詢問，「會不會覺得很累，你應該還會再來吧？我們很需要年輕人加入志工行列啊。」

「有時間，我會來的，我另一個工作是在家照顧失智的奶奶，做這些事情還算熟悉。」

「照顧奶奶啊，你這個算是青銀共居，真是不簡單，加油，期待下次看到你。」她最後握拳喊加油的神情，不自覺讓我想起小薇，若是我見過小薇，應該也像這位社工師那樣言語似水溫柔，即便有求於人也不令對方感到壓力。

後來，護理師又請我去四樓的雙人病房為老人家剪指甲、讀報、寫信……。首先，我去幫某位有糖尿病的老先生剪腳指甲時，即使已經泡過熱水的雙腳，又硬又粗糙的指甲還是很頑固，感覺已經用盡洪荒之力才剪好左腳，我急得直冒汗，老先生的腳趾被我扳來扳去卻不冒火氣。應該是說，彷彿我並不存在他眼底，他只是凝視著床邊，床邊的棉被，棉被上的印花圖案，圖案是綠白細格子，他究竟是要看穿細格子的另一個次元嗎？

「剪指甲很吃力吧？換這把指甲剪試看吧。」有位中年男性看護拍拍我的肩，遞了一把套著鏡片的放大鏡指甲剪。

原來為長者剪指甲需要特殊的輔具，尤其有糖尿病的老人家不能剪得太深或是剪到肉可能會造成傷口感染，有放大鏡的指甲剪真是幫了大忙。這時看護大哥嘿嘿地笑出聲說，這玩意不知道是哪個天才發明的，真是有天使心啊。

「真的好用，我也要買一把給我奶奶剪指甲。」我也由衷讚嘆這等好物。

接下來，看護大哥擰好毛巾一面為老先生擦拭雙腳一面打開話匣子，從我如何成為長照照顧者到照護奶奶的細節逐一詢問，得知奶奶目前失智等級與狀態，他忽然很感慨的說，現在他才看護這床老先生不到一年，老先生退化極快，一年內已經認不得任何家人，但有天女兒做了麵食來給他，才嚐一口便說，太太做菜就是好吃，很久沒做這個麵了。女兒立刻淚如雨下，她說，這是按照媽媽的食譜做的大滷麵，但是母親在她念中學的時候就去世了。

「所以，那天吃到麵的爺爺，很短暫地想起了他已經去世的太太，還是不認得女兒。」我的眼眶微微濕潤，心想這不是和父親部落格內容很相似，父親那天也遺忘了離開這世界的母親。

「對啊，爺爺久違地說了一句話，『太太做的菜就是好吃』，他有大半年都不說話了呢。結果，女兒就開始每個星期都做大滷麵來探望爺爺，他居然就再也不說了。不知道是不是吃膩了，可是每次都默默的吃光光啊。真是不懂爺爺在想什麼？」

「也可能是女兒的手藝還是差太太一點，爺爺不想說。」

「欸，你小子有意思，我怎麼沒想到咧。哈哈。」

我準備收拾東西離去病房前，看護大哥問了我年紀，朗聲笑說當他兒子沒問題，但他兒子沒有我這麼可取，還問我，會再來吧。我微笑回覆，會的。

今日收穫了諮商師護理師看護大哥三個疑問，都是「還會再來吧」，可能是來過一次便不再來的年輕志工居多，讓他們困惑我的下一次在何時。

雖不能肯定在何時，我確定自己會再來的。今日意外的又認識新朋友。特別的是，剛剛得知他的年紀當我爸也沒問題，我們足足相差三十歲，但必須承認和他聊天也算有意思。

不知道是不是無意中把他當成父親……或許，可以將他算進屈指可數的朋友群，當然這事他不會知道，也無須取得他的同意。

三樓的工作告一段落，阿姨剛好也完成老太太們的健檢來會合，她說，五樓病房需要全面更換寢具大消毒，先得將三樓正在午睡的老人家叫起來，他們白天睡太多可是會影響晚上睡眠品質呀。這些事情都做完，志工服務就圓滿結束了。

結束工作搭電梯下樓時，阿姨神秘兮兮說，她知道便利店老先生天大的秘密，包準我聽見會感到不可思議。

她說，剛剛幫忙換床單那位爺爺是便利店老先生年少的朋友，兩人約好老了以後要一起住，可是兩人陸續都失智了啊。

「所以，家人就讓他們住在一起嗎？天啊，我渾身起雞皮疙瘩，太感人了。」

「最感人的是，每天都會見面卻還是不認識對方的兩個人，總是不斷地拿著信或是對方愛吃的食物在尋找彼此。我聽安養中心的物理治療師說完，哭到不知道怎麼收眼淚，這才叫海枯石爛的友情啊。」

「欸，阿姨，海枯石爛是形容愛情吧。」

「哎喲——聽得懂就好，別計較啦。」

我忽然想起剛剛看護大哥說的大滷麵爺爺的故事，我說，也有一種愛情是吃到相似滋味的大滷麵忽然就想起去世的太太了。父親發病時的狀況也很相似，我不知道未來父親會不會也變成大滷麵爺爺那樣。

阿姨嘆了一口氣說，在安養中心當志工好幾年，聽過各式各樣的故事，今天還聽到一個，說給我聽聽。她說，某個有阿茲海默的老爺爺完全遺忘自己還有個癱瘓在床的太太，他卻愛上了安養中心的某個短髮的奶奶，還每天寫情書給人家……

「什麼狀況！？」我不可置信地瞪大眼睛。

「就是失去記憶也不影響花花公子本性啊。」

那麼，父親是即使失去記憶仍然深愛著母親那種嗎？

不論他是哪一種，至少他仍然記得最初的愛吧。

想到這裡，我忽然懂得大滷麵爺爺對太太的愛，當女兒一遍又一遍煮大滷麵來，他默默地吃著，像是太太每天煮好菜呼喚先生來吃，也不需要說什麼，把麵吃完太太就開心，這就是生活。下次，我要和看護大哥說說這個新發現。

七

1

莫名其妙接了通電話，今天開始，我的世界就只剩下這個家了。

「喂……我是……嗯，什麼——對，我那天有去……上網填寫接觸史？好……不能出門？嗯，好吧。再見。」

不到兩分鐘的電話，甚至來不及分辨對方是不是詐騙？我已失去十四天自由。不，是我和奶奶一起失去自由，十四天。倘若不夠幸運，或者失去的時間會更長。

確診者足跡，這幾個字無比曖昧，怎麼能百分百確定誰接觸誰，誰又沒有接觸誰？

最終，事態終於演變成美劇CSI犯罪現場那樣，地毯式搜索所有Rain病毒確診者的足跡地圖，採集相關接觸者的指紋輸入資料庫比對，拿數據讓人關上十四天。檢疫單位列出足跡相關人，無從辯駁，當時我的確到過確診者病室，其他五人，大多是安養院工作人員。

此時，房外傳來椅腳和磁磚摩擦聲響，稱不上尖銳，卻像拿把湯匙不斷敲碗叫我起床的號角。

一出房門就是戰鬥的開始，這一天和之前的每一天沒有差別，我決定繼續躺在床上。閉上眼，大腦想睡身體卻睡不著，再次浮起沉入大海的頓重感，注視著牆上剝落的油漆漸漸漫開的黴點，今年開春後，雨下得猖狂，不過幾個月，整個牆面像養了一隻醜陋怪獸。

那隻怪獸似乎比我剛回家的時候長胖了一公分。賴床腦子也無法稍微清醒，決定拉開窗簾讓陽光洗個臉，畢竟今天是難得的好天氣。

今天只是隔離的序曲，往後還會日日天晴嗎？想到未知的病毒可能在我身體駐紮，喉嚨好像癢癢的，頭也發脹起來，渾身沒有一處舒坦。身為資深宅，十四天不出門對我非難事，購物繳費都有網路可解決，但奶奶最近越發聽不懂我說的話，我們真的能關在一起生活嗎？

踏出房門前，我從抽屜翻出口罩戴上，若是運氣背到極點被感染，多少也能保護奶奶吧。

Rain病毒會經由病患口沫和接觸相關物品所感染，也會被空氣攜帶的殘餘病毒感染，醫生呼籲大家都戴上口罩，雖然不是百分百保險，至少可以減少接觸口鼻染病的機率。

照顧奶奶之外的時間，我不是打遊戲就是睡覺，鮮少看新聞又不關注這個世界究竟發生什麼事，等我發現周遭出現異樣，這個病毒早已迅速長成怪獸。剛開始去醫院探望父親，他總是再三提醒最好在家也戴上口罩，我才逐漸關注病毒正在各地猖狂。

只露出眼睛的我，奶奶好像更認不得了。她驚恐地望著我好久，直到我拿下口罩洗過澡換掉外出服，再播放以前一起慶生的影片，她才勉強想起我是誰。

回想上週，我和小鳥阿姨去過安養院協助院友健康檢查，沒想到難得做一回志工，隔兩日居然有位院友確診了Rain病毒，檢疫人員在電話表示，曾接觸確診病例的相關人包括同室室友，也就是我協助的老先生，還有醫師、護理師、居服員、清潔阿姨、看護、前來探望的家人等，採檢後反應呈現陰性，顯示並未感染Rain病毒，但檢疫中心仍要求我們均得配合居家檢疫十四天。

這幾個月，總是從新聞報導看見誰誰被匡列為檢疫或隔離，輪到自己，我很平靜，沒有想像中的心情起伏。

或者，不需要出門，意外地讓我鬆了口氣，總算不需要勉強自己看人臉色了。

2

關在家第二天，看到手機有兩通未接來電，來電顯示是小鳥阿姨，正準備打給她，手機立即在我手中震動不停。

「欸，阿姨，是……對，我要居家檢疫，說什麼連累，妳不是也一樣要隔離嘛。好，我知道……我會小心照顧好奶奶。嗯，有需要幫忙會打給妳，再見。」

說完再見，心裡卻浮現不祥預感，該不會說完這聲再見，我們有可能很難再見。

接觸史也匡列了阿姨，剛回家照護奶奶時我對她稱不上友善，她是父親的老同學，就有種被監視的感覺，本想抓她會不會偷懶摸魚家事，沒想到半次也抓不到。相處半年後，才知道不知人間疾苦的是我，冷靜認知現實，缺少阿姨協助家務，這個家的日常基本也垮掉一半了。

父親有時也不客氣地說這個歐巴桑碎念又多管閒事，奶奶找不著東西甚至會拿起電話就叫警察來抓人。我們這家人有多麼難搞，她肯定心中雪亮明白，但她仍然非常有耐性哄著奶奶，像是服侍太上皇那樣低聲下氣。

「不知道的人看到妳對奶奶這樣好，還以為妳是乖媳婦呢。」我現在可是很會撩小鳥阿姨。

「說什麼傻話——我是奶奶媳婦，你豈不是我兒子啦。哈哈，叫聲媽來聽聽……

咦？耳朵紅了欸。」

早就當阿嬤有個孫子的阿姨，居然反過來撩我，我只好紅著耳朵瞬間投降。

阿姨雖是父親的小學同學，但公務員退休後不想閒散過日，也不想幫兒子帶小孩，先後去安養院和醫院當志工，還參加了居服員培訓。有次父親帶奶奶去回診在醫院大廳巧遇，她拿著宣導控制三高的單子遞給他，兩人一陣寒暄交換近況，父親猶如溺水攀著游泳圈，便說如果阿姨能來幫忙家務，他才能從半死不活的日子慢慢地復活啊。

她總說人若不動遲早會退化，人老就是要動，每星期來打掃總會唸叨這些，聽起來像是刻意說給父親聽。

父親聽了老同學提醒似乎慢慢振作起來，便去社區大學教老人寫作，以前我以為他不缺這收入，放著每天睡到自然醒的日子不過，教書教一輩子滿腦子仁義道德累不累？

經過上星期的失蹤事件，仔細閱讀部落格的文章，我才了解他缺的不是自我振作，而是明瞭自己終將無法永遠陪伴老母，當他也失去記憶時，必須有個幫手來照顧奶奶。

那個幫手就是我。

父親在神智清明時，給我工作給我薪資，確認傳承所有照護奶奶的細節，他可能沒料到自己會進醫院做切除膽的手術，加上膝蓋復健，還得在病床上躺上一星期。他更無法預知此時會爆發可怕的Rain病毒，現在醫院禁止家屬探病，還好開刀後傷口復元得不錯，只是我也無法送餐，他只好繼續吃沒有滋味的醫院訂餐。

不知道這段時間他會不會繼續寫部落格，畢竟前幾天我已經將書房的筆電送去病房，我想或許不久就有新文章也說不定。接下來半個月，儘管老闆不在，我也會好好照護奶奶，半年來和居服員自學諸多照護技巧，此時正是得以好好驗證的時候。

總之，關在家對我來說，A cake walk，不過我討厭甜膩的食物，終於可以擺脫小鳥阿姨自豪的手工餅乾和起司蛋糕。甜點不就是糖、麵粉、奶油的組合成精緻碳水化合物，她自己熱愛就好，真不知道為何我得被餵食這麼多甜點。

看不到食物原形的東西，我最近都不太想吃，接下來，可以網購很多小農栽種的天然食材，這十四天剛好來研發低ＧＩ食譜。

對了，隔離期間需要記錄奶奶的血壓和血糖變化，我不自覺開始寫起日記，重讀一次，簡直是流水帳，這可不能讓教寫作的父親看到。

3

今日清點冰箱已無生鮮蔬果，前天上網訂購了友善耕作的蔬菜箱，剛剛從宅配物流人員手上接過箱子，雖然我們都戴著口罩，我下意識請他離遠一點，他狐疑地爆出口，幹——你居家檢疫？

我下意識點點頭，他立即往後彈跳兩公尺，並秒從背包掏出酒精噴霧清潔雙手，我站在虛掩的窗簾後望著他上貨車前，又用酒精噴了自己的鞋底。

如果要匡列接觸史，他算不算？

他接觸了我呼吸過的空氣，還接觸更多他送貨的地點和訂貨者，這樣算不算？如果我不顧一切衝到外面搭公車又搭捷運的究竟要匡列多少人呢？

關在家真的會讓人心變得狹窄，才第三天，腦子裡淨是轉著邪惡的念頭。

4

上網看影片，歐美的疫情感覺非常嚴重，封城鎖國，禁止人與人任意移動。

有人在窗口戴著口罩演奏樂器或展現曼妙舞姿分享疫期娛樂，他們和我一樣都失去人身自由，我卻沒有這種天真想像，或許是即使我唱歌跳舞方圓兩百公尺都沒有鄰居會看的關係吧。

忽然有點想念一起倒垃圾的那戴著NY白帽的青年。他很關心前陣子父親的失蹤事件，畢竟是鄉下小地方有點風吹草動總是人盡皆知，為了知會長輩突發狀況，我們已經進展到交換LINE階段，我應該問他有沒有遊戲帳號，至少接下來可以一起線上打遊戲。

現在不需要出門等垃圾車，只要擺在門口里長會協助處理，我只能期待半個月後的倒垃圾時間了。沒想到，人際關係有如荒漠的我，竟然期待和NY白帽面對面聊天。

Rain病毒猖獗至此，這座島嶼四面環海斷絕對外所有交流，外國籍進不來，本國籍出不去，直到最近才領教了病毒擴散的威力。其他國家早經由科學家和病理學家通力合作，研發疫苗的進程彷彿露出曙光，但政府為了防疫仍關閉邊境，飛機停飛，遊樂園博物館電影院等大型遊樂場所均停業，有些國家還禁止五人以上的聚會，只能出門購買食物和就醫。

新聞節目每日播放政府最新因應對策，今天開始，要減少人的移動，鼓勵全民在家使用網路上班上課，這些巨大變化，像是剛剛發生的事，接下來捷運和高鐵可能減班，確診病例每日增生，從個位數到百位數，不久之後，聽說S市可能要封鎖了……

新聞主播每逢整點，便喃喃播放這些人身限制，好像都與我無關啊。反正，我也無法出門，隨便怎樣，我都不在乎了。

5

「阿宏去哪裡了？我找不到阿宏，他是不是被抓走了？阿宏——」

奶奶又在尋找不存在的阿宏，可能是只有兩人隔離在家，少了父親來當阿宏，她非常篤定阿宏不見了？我的角色也非常篤定在色狼和乖孫中變幻。

「姊姊，我是阿宏啊。我們快點吃飯，早餐快要吃成午餐啦。」我將熱過第三次的麥片粥放在她面前。

奶奶嘴一撇手一揮尖聲大叫，不吃不吃，有毒有毒——

飯碗連同粥分毫不差落在我的腳掌，天啊——奶奶——很燙！

「燙燙燙，燙死你這個色狼！」

「很好，燙死我，就沒人照顧妳了。」

「阿宏阿宏啊——我要打電話找阿宏……」

我不能發怒……眼前的奶奶不是奶奶，不知道自己在說什麼做什麼。

奶奶只能依賴我，我也只能依賴奶奶，我不能發狂，我不能暴怒……

我已經無法再回答奶奶任何話了。連絲毫騙她的力氣都蕩然無存了。生活越來越像是籠罩在填滿烏雲的地獄。

寫出上面這句話，心底一驚，或許我也遺傳了一點點父親的文學基因，而隔離在家逼出深入思考的潛力？

再回來談談何謂地獄，沒去過也看過電影，身心劇烈接受凌遲有多慘？我不清楚。

但我想起阿姨說曾在安養院親眼目睹病患維生數據逐漸停止，死去的人不會難過啊，悲傷的都是圍繞在死者身旁還繼續活著的人，像是比死者徒長歲數健康狀況更糟的人，甚至覺得該死的是自己，不值得活。

失控的疫情，讓人們彼此猜忌，自動分成有病沒病，以及沒病也不代表真的沒病的無症狀帶原者。活著感受眼前的生命逐漸壞朽死絕，就像現在日日傳來死訊，從驚駭到嘆息到不知用什麼心情繼續活著……

我忽然明白阿姨轉述的那句，該死的是自己，為何我得以存活的疑惑。

隔離第五天，少了父親和小鳥阿姨，沒人替換無盡的疲憊，我好像已經在臨界點邊緣，我還能活著撐下去嗎？

每天新聞不斷播放Rain病毒在世界各地擴散，不論種族膚色貧賤富貴，有數以萬計的人經由密閉空間相處或共餐而染病，更有明明無顯著症狀也成為帶源傳染者，有些疏於防範的國家，死亡人數不斷攀高，不得已將公園或運動場闢為停屍間。

關在家的我，有時竟感到事不關己，關掉電視，我們家仍舊一日日生活。

我默默收起奶奶整個早上吃不完的麥片粥，取來飯後的藥，失神瞬間，我竟將雙倍的鎮靜劑調在果汁裡，奶奶一見甜甜的果汁便歡喜地接過去，咕嚕咕嚕喝下去了。

我是惡人，我是罪人，我沒辦法一直對奶奶好。誰也沒辦法對誰一直好。

頃刻，我感到平靜，不久，奶奶也會得到平靜。

或許，這個狗屁病毒放過了我們，這些還好好存活的人，就是被揀選出來面對這填滿烏雲的地獄吧。

7

午睡起來後，接到父親的訊息，他說，來視訊，他想念他老母了。

這可稀奇，我在外面住了那麼多年，父親從未和我視訊，可能是他自己住在醫院同樣動彈不得，興起了視訊的念頭吧。

我們各自被關在不同空間，依照他難相處的個性，恐怕我和奶奶彼此相依，儘管身心俱疲，彼此仍有依靠，父親卻只能獨自待在狹小的病房。

今天幾號？星期幾？記得是隔離第七天，其他數字好像對我都不具意義了。

啊，父親開啟視訊鏡頭，一看背景是旅館房間，猛然想起今天是父親出院的日子，我禁不住笑出聲，「爸，你居然會去住這種地方。」

「有什麼好笑，很方便啊，還有冰箱呢。旅館旁邊有公車站牌還有小超市，我再住一個星期你們差不多隔離結束，剛好。」

父親寧可獨自住在小旅館，其實很符合難相處的性格，他根本不願打擾同住附近的親戚，那是父親的表弟，我還要喊他叔叔的花甲老翁，平時和我們家算是有往來。

除了家這個空間，他大概是初次住在旅館，興奮地介紹房間裡的白色塑膠煮水壺、三合一咖啡包紅茶包，浴室裡的小吹風機和拋棄式牙刷。

「阿宏——你怎麼在這裡？怎麼不回家？阿宏啊，你瘦了，瘦了啊。」

「媽，你仔細看看，我是妳兒子。過幾天我就回家，要好好聽小任的話啊。」父親看到老母親又喊他阿宏，有點哭笑不得，但他這回也不順著奶奶，倒是堅持自己是她兒子。

「爸，奶奶最近認知人還是那樣，她也會叫我阿宏。你出院時，失智症中心的醫生有開藥給你吧。要記得吃喔。」

「你不用擔心我，我有把藥裝進九宮格按時吃。好好照顧奶奶，一個人很累的，又沒人替換，能休息就趕緊抓時間休息，這個疫情也不知道會怎麼變化，世界怎麼會變成這樣……」

父親在旅館小房間視訊，或許是沒開燈，光線從半開的窗透進來，照在身後雪白的床鋪，他的臉此刻看起來有些灰暗。

「爸，你剛出院還是要多補充營養，給我旅館住址，我幫你點外送餐，可以線上付款很方便的，不用出門，外送員會送到房門口。」

「我知道那個，叫Ubereats對吧，不用浪費錢，我隨便去麵館或是便利商店都有東西吃，你和奶奶多吃點好吃的食物，關在家裡才不會覺得委屈。」

父親繼續展示著旅館高達一百多台的電視節目選單，他說這下可以好好追一下錯過的經典電影了。

他今天的狀態顯然不錯，聲音聽起來很宏亮，竟然還會主動關心我有沒有吃好、隔離在家會不會委屈。很多餐廳都不開放用餐了，我還是幫他點些健康的外送餐點吧。

我忽然有種奇異的感受，視訊畫面裡的他其實沒有早發性阿茲海默，他甚至比失憶之前的那個父親更像個父親的樣子。

8

關在家的時間已過一半，我感覺渾身無一處安好，幸運的是，奶奶照常作亂搞破壞仍然精神奕奕。

第八天。至少精神上稍微消除了緊繃感，至少，我有一半的可能沒有被感染吧？

我想抱著奶奶歡呼但我不能肯定，我必須保留一半疑問，或許我有可能是無症狀感染者，至少，還有一半的可能。

隔離時間進行超過一半，體感經驗卻比我打遊戲還要無止境漫長，沒有敵人對著我連續擊發，背景連續八天都是我的家，撿不到寶物也沒辦法補血，一日日虛耗體力，我真的撐得下去嗎？

自己都懷疑自己的生活，到底要怎麼過下去？

昨日午夜奶奶實在太鬧，不得已繼續讓她服用鎮靜劑，她沉睡後，眼見天色漸漸光亮，我搖搖晃晃猶如宿醉滾回房間，平日習慣將手機關靜音調震動，即便有電話我也接不到，但需要睡眠的我，得即刻補血才能照顧奶奶。

睡著後，我完全忘記每日都得接受電話調查健康狀況。一早起床有兩通未接來電，趕緊回電後，線路那端檢疫調查的低沉男聲說，連續打三通不接，可要請警察登門拜訪了。還不忘叮嚀奶奶和我同住，最好分房，不要共用衛浴以防可能的感染者傳播病毒給未感染者。

聽起來很有道理，實際上在我家完全行不通。失智的奶奶，早上記得我，下午便遺忘我，這一刻我是她孫子，下一秒就說我是色狼還會拿著掃把要將我轟出家門。

想到這裡，不由自主嘆口氣，還是得起床看看那個每天都很瘋狂的小女孩。

如果是父親和奶奶隔離在家，他偶爾消失片刻的記憶能應付嗎？這幾天我不免會這麼想，還好父親預先讓我回到家，雖然半年前我仍是個不夠格照護病人的憂鬱患者。

雖然我和父親長年隔著旱地乾涸處於荒蕪狀態，但是他老母也是我的奶奶，我照護她之後卻意外灌溉出死地生機。一年前失業的我只求不要餓死，完全不敢奢望能有什麼出息。未來，我主要照護的對象還是奶奶，但是還得加上罹患早發性阿茲海默的父親，隔離在家第八天，我終於感到前景堪慮。

想到父親之前離家出走，書桌抽屜留下的房契、定存保單，以及他和奶奶的壽險保單、相關印鑑，意思不言自明，就是老子可是留了錢給你，這個爛攤子你不收也得收。我這時倒是後悔萬分，當時應該捲款潛逃到國外逍遙，去他的父債子還——

多想無益，我還是去客廳看看那瘋狂的小女孩吧。

奶奶果然已離開她臥室，宛若被小型颶風吹襲的客廳，沙發雜亂散布抱枕，麥片盒咖啡罐裡的粉末維他命膠囊，全部傾倒在地板上，遠遠觀看安坐於颱風眼中央的她，溫柔安靜，像是今天第一次上幼兒園並且拿到新鮮玩具的小女孩。

只見她驟然咧開嘴笑了起來，從地上抓起一把雪白奶粉朝頭上撒，大叫著，下雪啦——雪欸，你看，你看——

「奶奶……」我警醒著靠近她，那雪，一併緩緩落在我臉上。

「你看，甜的雪，甜的哪。」瞇起眼的奶奶，笑容從層層疊疊的皺褶中掙脫出來，像極了擺在她床頭櫃上的黑白照裡拖著麻花辮的小女孩。

不，她根本就是那個小女孩。小女孩奶奶還穿著昨天的粉紫色碎花洋裝，一見我湊近，她拍拍胸口著實嚇了一跳，隨即轉身露出無法順利拉上拉鍊臃腫的後背，然後痀僂著身子斜拉著一把餐椅，蹣跚地朝著大門方向走去……

我心下驚惶，一箭步衝到她跟前，將大門上了兩道鎖，順手將椅子移形換位抓過來藏在身後，耐住性子對小女孩說，「奶奶……乖，快下雨了，不能出門喔。」

「胡說，是下雪，要去看下……雪。」奶奶伸手抹抹我臉上不會融化的雪，拈起些許牛奶粉末，放進嘴裡。

暫且將渾身奶味的奶奶扶到餐桌旁，再衝到浴室擰溼毛巾為她擦臉清潔手腳，邊安撫她說，「好啦好啦，妳乖，不要隨便碰別人的臉，我可能有病毒喔。」

說完後，又覺得荒謬，不知道這世界全然被Rain病毒占領的奶奶，她活在過去的時間，自由自在，愛怎麼樣就怎麼樣……

9

第九天早晨和前面隔離的八個早晨都一樣，沒什麼值得一書。

但是，昨晚，極短的瞬間，我差點失手殺死奶奶。

這要從半年前小貓剛來那天說起，那時奶奶還會和小貓聊天，小貓喵喵她也喵喵喵，奶奶睡午覺，小貓會跳上她胸前舒服呼嚕，老人與貓總是甜甜地睡。

半年後，小貓長大了點，奶奶卻不再是半年前的奶奶，她只會指著小貓問我，那是什麼？我說是小貓啊。

此時，奶奶的瞳孔會忽然放大，空白幾秒，驟然又接收到電流觸擊那樣，微笑，兩頰法令紋深深地將她的顴骨撐得高聳，異常溫柔的娃娃音緩緩從嘴唇吐出，啊，我喜歡小貓咪。這是好的狀況。

「起風了喔，奶奶，來穿外套好不好？妳最喜歡這件，紅花花的外套啊。」

奶奶不知冷熱，亦不知我感到冷熱，我不能和她計較。

另一種狀況，偶爾出現，每次皆讓我極端痛苦。

當奶奶再次指著小貓問我，那是什麼？我說是小貓啊。

奶奶的眼睛不只空白，黑白瞳仁完全沒有任何訊號回覆，我感到非常沮喪。明明她已打出密碼發問，卻始終得不到想要的答覆，她毫無情感望著我，沒有期待地望著我，這個剎那很短，短到我能快速整理好表情。

不到幾秒，她被制約般再次問我，那是什麼？我說是小貓啊。

那是什麼？是小貓啊。那是什麼？是小貓啊。

這樣一來一往，重複三十幾次。紅色扶桑花外套又滑落到地上，她還指著小貓問，那是什麼？

是小貓啊。小貓要睡覺了，奶奶要不要也回房間睡覺呢？

失去記憶的人，為什麼不會失去意志力，大概五次後的回答我總隨意敷衍。

奶奶每次問那是什麼，好像是個鑽孔機，螺旋狀的刨刀鑽進我的大腦，深入抽離，抽離又深入，鑽到下意識我想隱藏的脆弱的不能見人的腦前額葉，又繼續深深地鑽到杏仁核，將我所有的焦慮、憤怒、絕望全都從大腦裡鑽帶出來。

我以為那是妄想，但是，我發現自己的手，竟徐徐地將柔軟的紅外套兩只長袖子在奶奶的脖子打了個結，不緊也不鬆，非常美的結。

奶奶不喜歡，扭動身軀抗議，原本下垂的眼睛乍然突出地怔怔望著我，充滿皺褶褐斑的雙手顫抖地往前伸著，卻搆不著我，最後，顯然用盡所有力氣，灼熱而炯然注視著我——

小任——

奶奶——我鬆開了衣袖的結。她嘶喊出我的名那一瞬，我將外套輕輕攏上左右兩片，拉上拉鍊，奶奶就像都市傳說裡跟著隊伍走的小女孩，緊緊跟在身後。

沒走幾步，我們遇到小貓蜷縮成一顆球待在小紙箱裡。

她拉拉我腰間T恤怯怯地問，那是什麼？

是小貓啊。我的紅衣小女孩。

10

沒有時間感的奶奶像是活在真空狀態，她的時間壓縮在抽離空氣的保鮮袋裡，甚至她沒有比半年前我剛回來照顧她更老一點，不，應該是說她感覺又更年輕了一些，目測年齡比實際狀況還少十歲的年輕。

但是我，關在家的時間一長，不在意今天幾號星期幾，只要記錄體溫，讓我感覺自己是由阿拉伯數字組成，每天解凍後融化成1234567890，睡眠時再凝固成0987654321，循環反覆，可分解，可回收，可丟棄。

醒來，想到這個，卻想不起已經隔離第幾天？讓我更不想起床。

睜開眼，昨日無夢，今日陰天。

檢查手機預覽畫面又有兩通未接來電，兩通都是檢疫人員打來的。失業這一年，鮮少有人打電話給我，這幾天彷彿有了朋友。

雖說我算資深宅，但是奶奶全然不能作為聊天對象，這實在讓人沮喪。每天我說的都是疊字，湯湯吃吃藥藥香香乖乖睡睡，耐心地哄著奶奶，她前一秒是跟你搶零食吃的小女孩，下一秒轉身已是少女情懷總是詩，穿著不知什麼時候買的花色洋裝，戴著草帽說要出門去約會……

「奶奶，我們來洗澡澡，妳乖，等下一面洗一面吃冰淇淋，是不是很棒啊。」

經過幾次失敗的浴室大戰後，我認知到如果沒有冰淇淋的誘因讓奶奶暫時忘記色狼這張臉，她怎麼肯脫光讓我洗澡。

坐在浴缸中的奶奶還會拿著浴綿抹抹身體，我只要注意她哪裡沒洗乾淨即可，我第一次看到女人的裸體，嚴格來說不是奶奶，是母親，讀幼稚園之前我經常和母親一起洗澡。

那時年紀小，對於人體任何突出的部位非常感興趣，我最喜歡躺在浴缸裡看那兩個圓胖軟白的乳房浮浮沉沉，很像奶奶做壽時預定的粉紅壽桃漂洋過海來到我這邊，然後我會用舀水的小水瓢蓋住她們，大叫「變身潛水艇——」母親最後總會格格笑著要我別鬧了太調皮了。有時候母親加了熱水和溫泉粉想多泡一會兒，就會揮手趕我走，我也想多玩幾次潛水艇啊，就會撒謊說我尿尿下去了。母親的反應絕對是尖叫、跳出浴缸、拿水瓢丟進水裡，那時她的乳房上下跳躍彷彿學校養的小白兔那樣非常可愛啊。

奶奶充滿皺紋的乳房則一逕往下垂，黑褐乳頭總是懨懨地抬不了頭，居家隔離以來不論為奶奶洗過幾次澡，最後都會想起母親的裸體。多麼美好白皙的身體，最終也會老朽壞毀。如果不是奶奶老是挑剔母親所作所為，母親會一直美麗，永恆的美麗……

倏忽，浴室橢圓鏡子裡的自己面孔開始逐漸猙獰，我像是被植入了遊戲指令被動地轉身，我的手輕輕舉起，悄無聲息朝著不知情的奶奶，仍在用蓮蓬頭沖著牆壁玩水的奶奶背對著我，瞬間我抓住她的肩，用盡所有氣力死命壓住她的頭往水中沉落，她掙扎地揮舞手腳、嗆了幾口水……死了嗎？死了吧。

我該死！我真該死！我以為再也不會聽見任何要我做壞事的聲音——

原來沒有任何人的聲音住在我的腦子，我命令我，我無法違逆我，這是最可怕的聲音——

小任啊——小任，你看我，看看我啊。

奶奶的叫喊聲將我的意識瞬間從異次元揪回這個時空——

她坐在半滿水的浴缸中，吃了一手融化的冰淇淋沿著手指淌下。

「啊——哈噫，小任——水冷了。水冷了會感冒喔。」

奶奶又記得我的名字了。什麼事都沒發生。我們又回到原來的位置了。

「奶奶，我是小任，我是誰啊？」

「哈哈，傻孩子，你是我金孫欸。」

11

仔細算了一下，從父親離家出走到去醫院開刀，之後我們被匡列隔離，奶奶已經快一個月沒見到她兒子了。換句話說，我獨力照顧奶奶也快一個月了。

父親不在後，這空間只剩下我和奶奶。

無人代換的疲憊感，像是家裡的垃圾和廚餘，每天每天，累積堆砌壓扁，再重複累積堆砌，腳踝、胸口、肩膀……終於滿到鼻尖，無人理會我緩慢發臭，呼吸困窘。

我總是懷疑自己是否能撐過今天，又迎來新的一天，繼續懷疑今天……

每隔三天將打包好的垃圾放置門口，里長會代為收取，放置垃圾的短暫分秒，室外空氣短暫流瀉周身讓我感到由衷幸福，我幾乎也想將自己作為垃圾丟出去了。新聞報導說有個住在頂樓的居家檢疫者，想踏出家門晒晒頂樓太陽都會被無所不在的監視器拍到，監視器自行啟動尖銳笛音示警，方圓數十里的居民便知曉，頂樓那無比自私惡劣的居家檢疫者試圖將病毒擴散給他人。

我不能說自己完全沒有踏出家門的念頭，不知道還能不能撐下去？

這時候我就很羨慕奶奶，她的最新說法是，只要坐在門口等爺爺下班，爺爺會帶給她玫瑰花苗，他們約好在院子裡修一個小花圃呢。

想起昨天看電視新聞，歐洲那擁有競技場的美麗浪漫的國度，Rain病毒擴散時，許多人心有不甘被匡列於接觸史，想盡辦法逃出家門，只為了買一束百合聞聞花香。我沒有特別失去理智之事，我勸自己只要想到每天有補助可領，幹嘛跟新台幣過不去呢。政府明文規範隱匿疫情或是檢疫未滿私逃者，最高罰款至百萬，換句話說，只要忍住想要蠢蠢欲動脫逃之心，間接獲得百萬鉅款，況且我也不知自己能逃到哪裡。

我還有奶奶，絕不能獨自逃走，她連吃飯時間到了都不知道，吃過也說沒吃，還要再吃一次，連路都走不好，以往晴天我們會出門散步，她總是挑路上的白線走，走著走著就說要去找她男朋友。

留著鬍子捲頭髮的男朋友，那是在我念小學時死去的爺爺。

12

小貓已經快要一歲了。撿到小貓的時候，獸醫院量的體重甚至沒有一罐礦泉水重，那麼小的獸，吃的欲望非常驚人，乾食濕食肉泥不算，連庭院裡種的空心菜和地瓜葉都吃，小貓慢慢膨脹成小中貓，現在都快三公斤了，距離小大貓的規模也不遠。

我還是喜歡叫牠小貓。反正小貓沒見過其他貓，牠不會知道自己有多小，也不會知道別的貓有多大。

「你知道我們在隔離嗎？隔離就是不能出門，只能在這個家活動，知道嗎？」

喵。小貓簡短回了我一個字。

「什麼——你每天都在隔離，我懂了。」

牠是隻話不多的貓，有時候連喵都省略，只回我，啊啊啊。不是貓的語言，讓我很訝異，像是模仿人類宣洩壓力的吶喊啊。

我認真思考，小貓最近有壓力嗎？可能是我最近太忙碌，太少和牠玩耍，小貓不開心了。

我並非擁有和動物溝通的能力，但是小貓的話我多數能懂，可能是住在一起久了吧。目前我和父親同住的時間粗略計算竟然和小貓差不多，但父親在想什麼，我卻不是很懂。或許是小貓有很多身體語言，牠尤其會撒嬌，想要我摸摸抱抱會用整個身體磨蹭我的小腿，在我雙腿間穿來穿去，有時黏得太緊還會踩到牠的尾巴呢。

「第十二天了啊。既然隔離在家你很拿手，教教我吧，要怎麼不發瘋咧？我很怕自己無意中將奶奶掐死，奶奶真的太盧了。什麼？你不知道太盧是啥？就是跟你一樣愛吃愛玩還要盧小小啊啊啊——」

我點點小貓的鼻子，這傢伙又舒服地瞇上眼睛，牠真是很容易自得其樂啊。

我將筆記本的紙頁撕下一頁揉成紙團，使勁丟出，小貓立即扭著小短腿奔去將球輕巧叼起運送回來，擺在我的腳邊，拾起紙球又丟得更遠一點，小貓彷如子彈咻地又衝去將球送回給我，一次又一次，彷彿那紙球有咒語。

不知現在是小貓聽命於球，還是我聽命小貓？

誰聽命於誰，一點也不重要，重要的是這傢伙過得很爽很開心，牠衷心喜愛這樣的生活，是不是只能關在家也沒關係，我該和小貓學的怎麼這麼多？

13

除了小貓，我也常觀察窗外的鳥。

有兩隻胸前一抹白背後拖著黑披風的鳥，不知名，我對鳥毫無研究，也不想研究。牠們經常停在庭院裡的小葉欖仁樹上，不論晴雨都會出現，其中一隻不厭其煩求偶，真有毅力。關在家的娛樂，總算多了動物生態頻道的選擇。

關在家唯一讓自己感到真確活著的是，觀察會動的生物，我也每天觀察奶奶是不是認得我？是否記得她自己是誰？

荒謬的是，奶奶在隔離最末一日竟然問我，你是誰？你怎麼可以住在我家？

奶奶，我是小任啊——我是阿宏啊——

不論我問奶奶多少次，只換來永恆不變的，你是誰？

我知道奶奶終究有一天會不記得我是誰。不知道檢疫結束後，還有誰會記得我呢？

或許，奶奶今天狀態不好，半個月沒回診，或許回診讓醫生調整用藥，奶奶會忽然又記得我也說不定。我只能這麼想。

本以為過完今天將要解脫，沒想到政府又發布最新版居家檢疫規則，為確定無症狀帶原者的可能，居家檢疫必須再延長十四天。

我仍然面無表情地接受，也只能，毫無異議接受這一切。

難道，因為奶奶不記得我，我連氣憤狂吼隨便發洩的能力都消失殆盡了？

不，不是這樣的，即便我失去自己的名字，失去了走出家門的權力，在這個國家，這座城市，即使最後，只有每天打電話詢問體溫變化的區公所人員，確認了我是誰，我的溫度，我還活著，那也沒關係。

我每天確認奶奶開心地活著，或許，她每天都得重新認識我，但我們仍在這個家一起生活，那就是最重要的事。

八

■從死機到換新機

這一年來發生的事，屬於我的，匪夷所思，屬於這個世界的更離奇。

我還是趁著更換新的藥物，有些記憶又閃回了腦海，記錄一下那天發生的事。

那是一片大海，我站在礁岩上，忽然在陌生的地方迷路，忽然想不起自己為何會出現在那裡，忽然忘記家在何處，忽然找不到隨身背包，忽然變成自己也不認得自己的人。

我不知道接下來該往何處去？也不知道經過多少時間，天色從明亮轉為黑暗，忽然我想起家裡的住址，想用盡全力走回家，不知走了多久，忽然跌進施工中的坑洞，好不容易拖著流血的膝蓋回到家，忽然肚子痛到像是女人要生小孩，發現家裡失智的老母親居然非常關心我是否受傷，狂喜又狂痛同時來臨，真不知該如何形容，忽然無法好好言語。

你急得打電話叫救護車送我去急診，醫生說是急性膽囊炎和膽結石需要即刻開刀，生平第一次開刀住院，你卻因為去安養院當志工被匡列為接觸者需要隔離，雖然很擔心你和奶奶隔離在家該如何是好？但擔心也無濟於事。在醫院看到更多殘忍的分離，像是同病房的老先生出院前卻感染病毒確診送進隔離病房，他的子女連探視都沒辦法，病情急轉直下不到一天就離開人世，政府規定感染者去世必須直接火化。

只要想起一直在病房照顧老先生的女兒孱弱地跪倒在護理站，醫護讓她用視訊電話見了父親最後一面，我就不再為自己失去的記憶感到痛苦了。我不該和老天要求太多，至少，我還活著，你和奶奶也還活著。

出院後生平得第一次住在旅館半個月，雖然一個人關在旅館很寂寞，決定換一支新的智慧型手機可以和家人視訊比較重要，這一切的變化恐怕是前所未有逼得人不斷進化，當時覺得很難突破的困境，如今總算都安然度過了。

最重要的是，我發現一向恐懼面對考驗的你，變成真正能承擔責任的大人了。

在旅館期間，記憶呈現平穩，沒有往後退已是萬幸，我亦不奢求回復到往日情景。反覆想著，一個人存在人間的終極意義，應是能自主思考，感受萬事萬物，荒謬喜悅痛苦幸福都能感受自己存在的意義，如笛卡兒所說，「我思故我在」。

倘若，一個人喪失了記憶，我，這個主體，不知自己身在何方，甚至不知自己思索的內容有何用，這樣的人，存在人間的意義又是什麼？

忽然開始的傳染病忽然結束了。多數人彷彿沒發生過這件事如常生活，但是，長在我大腦的疾病卻沒有如此幸運的脈絡，我的記憶只會不斷地流失，永遠沒有回到起點的機會。

我又開始到社區大學上課，看起來和之前毫無兩樣。你仍是盡心照護奶奶，也準備去考居服員的資格，我的病徵雖然發現得非常早，早發性阿茲海默症的檢查結果，大腦皮質僅是微微變化，遵照醫生指示服藥和看診，也得到不錯的控制。我不免預想此後，記憶何時會掠奪所有的存在，趁著還記得這一切，我必須將有用的時間都存在你那裡。

一年多前，你曾不停詢問我為何離家？究竟前往何處？

如果你能原諒我的怯懦，阻止你更自由的生活，都來自於不希望我們家就此分崩離析。

尼采曾說，「人生最大的幸福對人類來說，已經是達不到：就是從未出生、不存在；第二幸福對人類來講就是——早點死去！」

我又怎麼能告訴你，你無能的父親想去尋找一個死處，當我站在你母親最後停留的海濱礁岩，終於了解，無計可施多麼令人絕望。而尋求自我解脫，雖能迅速脫離人間，卻留給仍然在乎你的人難以彌補的遺憾，就像我始終放不下你的母親，她不明原因的尋死，都是無能的我造成的結果。

當海水一吋吋漲上來，蔓延到膝蓋時，我以為呼吸停止便能終結一切，此刻卻滑了一跤，忽然嗆了幾口很鹹的海水，濕淋淋的我和大腦忽然甦醒，我應該趁著還記得回家的路，趕緊走回正確方向。

如今，我的心比往日更為平靜，寫完這篇文章，像是清除了腦子裡負荷過多的記憶，那些記憶已不再緊緊糾纏，彷彿像通訊行店員所說的死機狀態換成新機。

有時想不起來也頗為美妙，想起來的瞬間，感覺自己成為新的我了。

不管喜不喜歡，都要接受，這就是我的人生，帶著失去記憶的我和重新獲得片面記憶的我，繼續活著。

不要為我覺得哀傷或痛苦，因為失去記憶的我不會記得自己失憶，反而是記憶閃回腦海的那個我，才會萬分惆悵。

這麼一想，其實失憶不過就是去到另一個失憶的世界，那個時空不存在記得一切人生的苦痛，我們也無法定義那是不快樂的，只是失憶的快樂也記不住就是了。如果下次，極有可能我又忽然消失在你面前，你可以再看看這篇文章。

無意中發現父親在部落格發布了新文章，一年之後，終於有了新文，還好當時我存下連結並且時時關注網頁是否有更新。

因為父親離家出走的事件也將要一年，除了記性仍然很差，說過的話老是一說再說，忘記去上課的次數也逐漸增加，倒是沒有在外面迷路或像奶奶那樣猜疑別人，我們生活在一起幾乎感受不到他有早發性阿茲海默。

文章結束照例出現滿格訊號，代表父親一年來的狀態並未惡化。自從去年突如其來的傳染病消失後，我們家又回復到生活常態，他繼續到社區大學教課，我繼續照顧奶奶也抽空去做志工，他更為注重健康，每個月準時去記憶門診。醫生告訴他，罹患早發性阿茲海默並不是人生終點，定期看診並接受藥物治療，以及調整目前的生活方式，才能延緩記憶退化。

或許父親怕我照顧兩個病人會崩潰，這一年來的確很配合醫囑，也能持續接收我發出的訊號，譬如需要他接手照顧奶奶，或是一起去安養中心當志工，當然，他也有一本屬於他的時間存摺了。

但駑鈍的我，還是不太懂父親的境界，提到笛卡兒、尼采我就頭痛，哲學探討又出現了。

不過，父親詳細地寫下發病因而離家出走的心情變化，原來，當時忽然消失的他竟然想和母親同樣走上尋死之路。

回憶是一個人存在人間的必要嗎？

母親留給我的回憶幾乎都是不快樂的表情，她在海濱礁岩最後那一刻應該還是不快樂的結尾，即使她短暫人生終究是不快樂，即使大熊遭逢車禍瞬間失去氣息莫名其妙被人間除名肯定到死前最後一秒都不快樂……

我動員所有腦細胞揣摩父親部落格所寫失憶期間的快樂比例，他的意思應該是失憶的時空也會感到快樂，只是沒辦法記得那種屬於失憶的快樂。

我從不曾被動的遺失過記憶，或許有天也會和父親、奶奶一樣進入失憶的世界，多次陪伴回診，我也接收到醫生明確的訊息，這是個遺傳性的疾病。當我預知日後的人生變化，說實在心情也沒多大震盪，可能是這兩年近距離觀察這個病，我不再那麼無知了。

每個人終究一死，只要曾經存在過的，至少會被這世界上某個人記取，我最近常這麼想。

譬如我至今仍記得我和大熊打過的每一場線上遊戲，大熊應該也不會輕易忘記我，畢竟他死前的最後一通電話還是打給我的。我更是深深深深記得母親房間裡華麗的衣物包包，因為她最喜歡帶我去百貨公司，讓我看著她的欲望是那麼多。她總是說，「我不過就是把年輕的夢想，都換成這些衣服啊，買東西讓我感到心靈平靜。小任，你懂嗎？」

當時我實在不懂母親的夢想和衣服有什麼關係，卻記得她撫摸那些衣料的表情，滿足而愉悅，像是我打遊戲時戰鬥值爆表的瞬間，所有工作鳥事、人際關係的荒蕪都丟到遙遠的死海和地中海蒸發成鹽花。

「買這麼多東西，媽媽好快樂，不要告訴別人喔。這是我們的秘密。」我記得母親說著秘密二字時，嘴唇抿成薄薄的，露出嘴角小梨渦的美麗模樣。

可以這樣留在他人回憶裡，就是曾經存在人間的意義吧？我沒有父親的哲學思考，只能淺薄的這麼想。

我經常想起剛回家照顧奶奶那一年，經歷父親發病後離家出走，一天一夜後忽然自己回到家，又因為腹痛不止而急診送醫緊急開刀，爾後我和阿姨去安養中心做志工服務卻被捲入當時突如其來席捲全球的Rain病毒，被政府匡列為與確診者相關接觸史之一。因此我和奶奶在家隔離了一個月。之後全世界下起漫長的雨，日夜不停歇的雨下在每一吋土地海洋，足足下了二十天不休止，滲入土壤的雨滴滋潤植物與水源，所滋養的食糧慢慢進入新的食物鏈，Rain病毒忽然銷聲匿跡，彷彿漫長的雨開始了萬物新生。

那個月發生的事比遊戲世界時空或角色設定，都更加荒謬而超現實，我沒有父親的文筆能寫出個人細膩的感受和變化，但居然也想記下這些變化。

Rain病毒像是傾盆大雨或綿綿細雨那樣落在地球表面，不因為富貴或貧窮而跳過你，公平的降臨在每個人身上，這是我唯一感受的公平之處。

我持續在日記寫著，父親從家裡消失的那兩天，對他而言，會不會像是將陷在爛泥裡的雙腳毫不費力拔了出去。失去現實的記憶恰好幫助他完成了這一切。

當他在母親曾經駐足的海濱忽然驚醒，他想起自己的名字，想起了我，也想起了失去記憶的老母親，想起了家。他只好蹣跚地往回家的路上走，又再次走回了人間，或許，這就是他所說的失去記憶的時空不見得是不快樂的。

我忽然有種感覺，當他專心一意想去尋找死去妻子的剎那，可能是他這一生最幸福的時刻了。

若無其事，回到家的父親，滿臉風霜，彷彿抵達了另一個世界又步履不停地重返這個家，他不再是我所認得的他。

對我而言，像是帶著母親的遺憾一起返回這個家的父親，真正成為了父親。

醫生提醒我，早發性阿茲海默是家族遺傳的基因，遺傳機率是百分之五十，有時間可以做個檢測。傳染病和失去記憶的差異是，前者痊癒的機率肯定大於後者，失去記憶的我還能算是一個完整的人嗎？

我想起父親在部落格寫下兩個自己，詩意和失憶，都讓他無所適從。

一個人究竟要如何活著才不致失格，失格的活著，即使失去記憶，或許也失去人自傷自苦的可能了。或者，也是人間另一種令人羨慕的幸福吧。

「這個病，會好嗎？」兩年前曾經有次非常沮喪，長期憂鬱的我這麼問諮商師。

「會，我相信你會好起來。」他一貫溫暖鼓勵。

過於職業性聽來實在敷衍，但我不得不暫時作為安慰劑。又有一次，我縮小範圍發問，好像將憂鬱症變成妄想症，就能想像未來的自己真有好起來的一天。

「如果，腦子裡不再出現大熊的聲音，我是不是就會痊癒？」

「是啊，那可能代表你可以面對朋友死去這件事了。或許你的憂鬱症找到壓力源，是有機會痊癒的。」諮商師一貫又給公式化說法，我簡直都要鄙視他的專業了。

不過我不會露出任何鄙視的表情，只是安靜地點點頭，關上諮商室的門，登出這次諮商畫面。他初次聽我說大熊的事，居然不是很驚訝，或許這就是專業展現，但我心裡一陣一陣湧起揪緊的感覺……彷彿我帶著大熊一起認識了新朋友。

如果我還能去一次諮商室，我想問他，我是不是真的好了？

我的腦子裡不再出現大熊的聲音了。我無意中養成寫日記的習慣，或許也有所幫助。

儘管我不太相信心裡的傷口會好起來。

不會好起來的。不會好起來也沒關係，那代表我始終記得。

記得以前我和大熊常玩的仙劍遊戲裡面有六界，就是神、魔、鬼、人、妖、仙所構成的與現實並存的世界，到了鬼界得過奈何橋喝孟婆湯，忘記前世一切紛紛擾擾，看起來下地獄難逃一死，實則喝過孟婆湯又開始了生，生命永無止息的延續下去。

是不是，失去記憶的人到了鬼界，喝了孟婆湯仍舊失效，因為他所有的回憶早已失去規則和情感重量了。

倘若有那麼一天，我會記得的這些那些，仍然存在嗎？

我還記得和父親、奶奶一起蹲在院子裡除草，奶奶的鼻子冒著細小汗珠，她握成拳頭的手拽下一株咸豐草的小白花遞給我，父親白色短袖汗衫黏在背上，浮出腰側肌肉的皺褶，還有吃完晚餐看新聞節目不久便傳來深深淺淺的打呼聲……

九

我不知道這本厚厚的日記是誰的？

自從住到詩意中心後，我的行李箱除了幾件上衣長褲，最重的東西就是這本日記。每天都會來看我過得好不好的聊天員說，那本日記一定是很珍貴的物品，我剛到這裡時總是抱著它，讀了又讀。

她問我說，為什麼讀了那麼久，一直停在前面幾頁？

「老是忘記前面發生了什麼事，從第一頁開始，我好像又想起了什麼呢。」

我的回答讓聊天員微笑，她笑的時候眼睛瞇起來，只看見長長的睫毛，我覺得有點像認識的人，是誰呢？想不起來。

聊天員有時是男人，有時是女人，我也想不起來昨天的聊天員和今天的聊天員是否是同一人？

想不起來的事，我決定不說出來，不說，便不丟臉。

想到丟臉這件事，我不太確定這兩個字的意義，想了很久，應該是害怕的感覺。

我害怕別人知道我想不起來很多事。

我害怕自己的腦袋是空的，因為裡面沒有太多東西，我好像沒有朋友沒有家人，沒有家。

我害怕我什麼都沒有。

隨時抱著一本日記，我好像沒那麼害怕了。

同住在詩意中心的其他人都認為我很有學問的樣子，是老師，他們常叫我老師。

老師，這兩個字總讓我心跳變得快速，不是做錯什麼事，而是很親切的感覺。但是，實際上，我也不知道自己是誰，真的是老師嗎？

詩意中心有真正的老師，有男老師也有女老師，我不記得他們的臉。

他們每天來讀詩，還說不用記住這些詩，只要讀完的時候，感受詩帶來的感覺就好了。

長期住在詩意中心的人都喜歡這樣的好老師。

有時候我還是能記住幾句詩，但是沒辦法記得很久，我和今天來讀詩的老師這麼說，因為他問我今天有什麼快樂的事發生嗎？他說我看起來很開心。

「剛剛你讀的詩，很喜歡，但是我記不住句子，哪一句在前面，後面，我忘了。」

「句子怎麼排隊都可以的，這就是詩很自由的地方呢。重點是，你讀完很快樂對嗎？」老師拍拍我的肩膀說。

「讀詩真的很棒，我很快樂，忘記了，也很快樂的快樂……」我停頓了一下，有記憶閃進我腦袋，「我想起那本日記有提到一個人，是國文老師，他一定沒讀過這些詩。」

詩人老師對我提到的日記很感興趣，問說是不是能借他翻翻，但又馬上跟我道歉，「日記是你的祕密，不好意思，不能隨便讓別人看，對吧？」

「老師，就放在桌子上，我拿給你，那本日記不知道是誰寫的，放在行李箱，我就讀了，是一個很長的故事，我每次看了後面就忘記前面。」

詩人老師拿著日記，翻開第一頁，他唸著：「懶，這個意念近乎於詩意……」他眼神頓時溫柔起來，就像他剛剛讀詩那樣的表情，然後，看著我說，前兩句就是詩啊。後來，他不說話了，乾脆坐在椅子上認真地讀那本日記。

聊天員向我招手，原來是貓醫生時間到了。

除了讀詩，我更喜歡貓醫生來到詩意中心的時間，因為貓醫生不是那種會讓我們打針吃藥的醫生，而是軟軟地趴在我們腿上，只要輕輕摸貓咪的頭和背還有肚子，牠就會發出呼嚕呼嚕的聲音。

我也記不清貓醫生的臉和顏色，好像每次的貓醫生都長得不一樣，有的毛很長、有的毛短短的，有的身上有三種顏色，有的只有一種顏色，不記得了。

但是每次摸貓咪的下巴，牠就瞇上眼睛很享受的樣子，讓我好像想起什麼很遙遠的事。

「是不是，曾經和貓咪一起生活過呢？」

坐在我旁邊的一個長頭髮的女人這麼問我。她好像也是住在詩意中心的人。這裡有很多人，我不記得別人的樣子。

「我不知道。」我很平靜地回答。

「忘記也沒關係啊。不要說出來就不會很蠢。」

聽到她這麼說，我又開始感到快樂，因為最近只記得一件事，那就是想不起來的事情就不要說出來。沒想到她也和我一樣。

我和她像是擁有同一個秘密那樣，這個感覺好熟悉，好像很久以前我和某個誰也有過秘密，是誰呢？

我還是不要說出來，記不得很多人很多事，但是我卻不難過也不痛苦，好像很久以前有個人這樣跟我說。

詩人老師鼓勵我們寫下腦海忽然跑出來的句子，不管是什麼，都寫下來，或許，看起來每句話沒有關聯，但是這個很像詩喔。

我有時候連一個字要怎麼寫都要想很久，但是抱著貓咪的我和抱著貓咪的她，為什麼這個時候，我感到非常快樂，好想寫下來。我不想忘記這個感覺。

當我望向剛剛的讀詩的座位，詩人老師正在和聊天員說話，我決定立刻走過去拿日記本，我要寫在後面空白的紙上。

有貓的地方我想要每天都在這裡。

寫完這句，我的心跳變得很快，我想了一下，又寫下，每天都想待在有貓的地方。

詩人老師有說忘記句子怎麼寫，就把單字的位置換一換，那也會很像詩。

我反覆看著這兩句，我好像記憶進去了。我覺得自己不會忘記這個感覺了。

距離我的位置不遠的聊天員和詩人老師，他們朝著我揮揮手，我想我也應該揮揮手，這是種禮貌嗎？我希望自己沒有忘記。

我帶著剛剛寫好的兩句詩，向他們的方位走去，我想確定是不是記得這兩句詩了。

只聽見聊天員嘆口氣說，「這位是早發性的阿茲海默患者，不到五十歲就發病了，這本日記就是他寫下自己家族的遺傳性疾病的故事，奶奶和爸爸都發病，最後主要照顧者的他，也發病了。剛來到詩意中心時，還清楚地記得這些事情，聊天都會提起當時父親一退休就發病還離家出走，是怎麼辛苦度過這一切，慢慢的，才第三年就全部忘記了。但是，還是會抱著這本日記一直讀。」

「這不是日記啊，是一本小說，很動人的小說，是他的人生故事。」

詩人老師在我走近時，他闔上日記，聊天員立刻問我是不是寫好今天的作業呢？

我搖搖頭表示還沒寫好，但是我好像忘記從座位走過來是要做什麼了？

「你的日記很精彩，寫了多久呢？」詩人老師雙手捧著日記還給我，他恭敬的樣子像是對待很重要的東西。

「我的日記？」我歪著頭想了一下。

「是啊，應該是你的日記吧，好像花了很長時間才寫完。」

「我每天都會讀這本日記，但我不確定那是誰寫的，我沒有這麼多記憶可以寫啊。」

詩人老師確定的語氣讓我感到腦子裡流動著水聲。

「好吧，換個角度來說，是誰寫的都不重要，你只要相信寫下來，就會有人讀到這些快樂的悲傷的心情，這樣所有的文字在一本書裡都有了生命，可以一直一直地讓人閱讀，感受寫作者的寫著這個故事的心。」詩人老師拍拍我的肩膀，他的眼睛很清澈。

「啊，老師，我想起來了，剛剛寫了一句詩，有貓在每天我都想著的地方。不知道可以交作業嗎？」

「很好啊，我也想要天天去到有貓的地方啊。快寫下來，寫下就不會忘記了。」

他說，「對了，我還想讀你的日記，下次再借給我吧。第一頁前兩句詩，真的讓人讀完，也會有種『懶，這個意念近乎於詩意』的感覺呢。」

後記

回憶請稍候再撥

三年前開始書寫這部失憶和失意的小說，第一年進度延宕，我成為假性失憶的小說家，經常神智四下飄忽，具體存在哪個時空我也不確定。

第二年另一個凶狠的疾病席捲全世界，疫情封鎖人身自由之下，總算順利展開這本長篇的寫作，有時卻彷彿置身事外，我書寫疾病，疾病在我之外扭曲變形洶湧而來，更為無法挽回的掠奪人的所有，記憶的消失又算什麼呢？

《此處收不到訊號》的創作源起，在於婚後曾有幾年照顧罹患阿茲海默症的婆婆，當時婆婆的病情從輕微失智到記憶錯亂，日常生活和人際關係逐漸崩解，讓我感受到一個人在社會和家庭的存在感如何日日遞減。

這幾年，是創作多年，首次感受書寫也有無能為力的時刻。但總有一個人始終站在我這邊，感謝總編金倫一直不放棄寫小說的我，不論他在何處，經常給我鼓勵，莫忘初衷。也感謝所有推薦這本小說的作家們，您們的慷慨應允讓我無比感動。

譬如，忐忑邀請景仰的前輩作家給予小說推薦，獲得「只要是妳的事，妳的作品，我願意」，簡短回覆，卻讓我泫然欲泣，想著我和我的作品值得這麼重要對待嗎？我能不負期望完成前輩期許嗎？又，邀請並不熟識的作家朋友百忙之中寫幾句推薦語，他們沒有義務沒有必要挪出寶貴時間閱讀累牘長篇，卻衷情熱血的祝福新書終於將要問世，滿口答應寫一段壓上死線的推薦。

再度自問，我值得嗎？我的作品值得他們為我背書推薦嗎？

創作小說多年，縱使自行田野多方搜尋書寫材料，諮詢有護理師背景好友諸多醫療細節，亦固定詢問照護失智父母經驗多年的朋友，仍舊感到不足，特別要致謝為本書推薦的黃信恩和吳妮民醫師，兩位不僅是醫者同時也兼具作家身分，小說中一些疾病的臨床模式仍得由專業來把關。

其中，信恩還特別請在休士頓醫學中心貝勒醫學院研究失智症領域的學弟林紀穎醫師給予這本小說專業建議，他說，「在臨床醫學的表現上，早發型的阿茲海默患者的確比較容易以『非記憶缺損』的症狀表現，譬如當個性轉變或是行為模式的改變已經相對明顯時，短期記憶的功能仍然沒有顯著的問題。而在高知識分子中，由於平均來說認知功能存款（cognitive reserve）較高的緣故，在發病初期仍有可能保持相對良好的書寫紀錄能力，譬如小說中的人物身為高中國文老師，在發病初期時仍然能持續地寫作。另外一點是，雖然發病初期的症狀通常很細微並且不容易由外人察覺，有些病識感良好（intact insight）的患者在疾病初期時就能明顯感覺到自己認知功能的缺損，進而開始記錄自己的發病過程或主動尋找醫療協助。不過，小說人物忽然想起去世三十年的妻子，這一般是發病後幾年當疾病進入中後期時所產生的症狀，原因是由於記憶功能已經退化至僅剩「長／遠期記憶」尚有所保存，而短期記憶已消失殆盡時所產生的徵兆（dwelling in the past），不太常表現在剛剛開始的失智症患者身上。值得考量的是，大部分來就診的病患都是已經發病了一段時間，所以表現出的認知功能缺損不只一種；因此在診斷的部分，如果沒有清楚的病史，就沒有辦法純粹靠臨床症狀的發病先後順序做診斷，而必須仰賴更進一步的檢查以及研究，譬如神經心理測試，神經影像檢測，或是腦脊髓液的生物標記分析。」

以上摘自林醫師長達六分鐘錄音檔案說明和建議，這實在是一本幸福的小說，而我是如此幸運的作者，我不知該如何表達醫師撥出珍貴的休息時間為這本小說做了完整體檢。

不過，小說的虛構正是將現實世界中或許可能發生的事情成為真實。目前或許醫學上沒有這個案例，竟然在剛出現失智症狀的五十五至六十歲之間忽然想起去世三十年的妻子，但是，設計結構時，閃動在我腦中的訊號，正是失去記憶才讓深藏在父親心中的遺憾有機會彌補，他當年錯失逃避的一切，因為失憶而去尋找妻子，這個情節讓他在兒子心中成為真正的父親。也就是說，小說不合乎常理的呈現完成了現實中我們覺得不可能發生的事。

創作二十年來，我始終將小說放在生活的位置，將創作小說成為自己的生活。固然小說是虛構的文類，但是每個細節和情節卻是需要認真去經歷人生苦痛歡愉，才能貼近小說人物的心，洞悉一個人內心深處說不出的真實。

《此處收不到訊號》是我的第三本長篇小說，也是初次挑戰醫療題材並改變書寫風格的作品，虛構的是小說，每個人物所面臨的處境卻無比真實與我的成長回憶彼此應答。寫完這本長篇，刻意讓初稿沉澱了一年，修稿時間似乎變得無比漫長，赫然發覺，觸發書寫的念頭固然是婆婆的病狀，完成之際，每個字卻告訴我，這是一本寫給父親的小說。

記憶是一個人存在人間的必要嗎？

他的記憶裡驅逐了自己也是位父親，卻只在意自己的夢想，並將後續生活不夠順遂怪罪於兒女始終沒有能力讓他安享老年。這個時候他又想起自己真切的是個父親了呢。

創作時，回憶很難稍候再撥，我不免和小說人物比較起父親的逃跑天分。

那個存在我的回憶裡始終懦弱、不能面對失敗的父親，他從一個家出走後，為自己另外創造一個家，繼續過著自由享樂的生活。如果可以，我想要那個童年時讓我坐在肩膀上的父親，牽著我的手去買香菸順便買冰棒給我的父親，甚至是發現我將要期末考不念書沉迷漫畫反手就給我一巴掌的父親。

倘若以「我」來分解成小說素材，書寫多次的元素就是，一個家的解構和重新建構，關於愛關於丟棄，關於信任與不信任。

我一面假裝自己是個失憶的小說家，寫下我虛構出來的父親，即使力不從心，卻多麼想要保護一個家不致破碎。那是我真實的父親無法抵達的地方，而唯有小說能成為我完成的圖像。

以這些為基礎，我虛構了一個又一個故事。小說裡面沒有真實的我，有的是我想透過小說完成的發問。我觀看著小說人物的行動、衝突、逃避與面對，然後終於瞭解，沒有人能夠在一次性的人生，做對選擇，保全這個就會流逝那個。

記憶的本質是供給一個人活著的基本燃料吧。

一個人和家的羈絆是從誕生那天起便緊緊相繫，這本小說連結著父子關係的疾病與死亡，同時也探討回憶與人相生相滅的關係，將故事說到最後，主角終能體悟到，「我從不曾遺忘，或許有一天終將遺忘，只要曾經存在過的，至少會被這世界上某個人記取。」

寫完小說後，我深刻感受到小說家作為介質的任務，譬如愛恨、疼痛、遺棄……無論運用什麼形式來說故事，得以超越現實的那一瞬，那才是所謂真實的核心。

重新建構了小說人物的人生，即使屬於我的仍然千瘡百孔無法挪移改換，但那些存在，驅動我成為小說家，也讓我經歷的人生得到某些解答，我會一直寫下去，一直尋找答案。

新人間 389

此處收不到訊號

作　者—凌明玉
封面繪圖—阿力金吉兒
文藝線主編—何秉修
特約編輯—蔡宜真
校　對—凌明玉、林昕璇、蔡宜真、胡金倫
責任企畫—陳玉笈
美術設計—倪旻鋒
內頁排版—立全電腦印前排版有限公司

總編輯—胡金倫
董事長—趙政岷
出版者—時報文化出版企業股份有限公司
一〇八〇一九台北市和平西路三段二四〇號七樓
發行專線—（〇二）二三〇六六八四二
讀者服務專線—〇八〇〇二三一七〇五
（〇二）二三〇四七一〇三
讀者服務傳真—（〇二）二三〇四六八五八
郵撥—一九三四四七二四時報文化出版公司
信箱—一〇八九九臺北華江橋郵局第九九信箱

時報悅讀網—www.readingtimes.com.tw
時報文藝／Literature & art 臉書—https://www.facebook.com/readingtimesLiterature
法律顧問—理律法律事務所　陳長文律師、李念祖律師
印　刷—家佑印刷有限公司
初版一刷—二〇二三年八月二十五日
定　價—新台幣三六〇元

時報文化出版公司成立於一九七五年，
一九九九年股票上櫃公開發行，二〇〇八年脫離中時集團非屬旺中，
以「尊重智慧與創意的文化事業」為信念。

此處收不到訊號 / 凌明玉作. -- 初版. -- 臺北市：時報文化出版企業股份有限公司, 2023.08
面；14.8×21公分. -- (新人間；389)

ISBN 978-626-353-957-0(平裝)

863.57　　112008406

本書榮獲 財團法人 國家文化藝術基金會 National Culture and Arts Foundation NCAF 創作補助

ISBN 978-626-353-957-0(平裝)
Printed in Taiwan